作家榜®经典名著

读经典名著,认准作家榜

本书译自
美国 James R. Osgood 出版公司 1882 年版本

The Prince and the Pauper

王子与贫儿

[美]马克·吐温 著　黄天怡 译

四川少年儿童出版社

仁慈这项品质……

能带来双重的护佑，

既能护佑施予者，也能护佑受施者；

这是普天下最伟大的品质：

对座上的君王而言，

它比王冠本身更为重要。

——《威尼斯商人》[1]

---

[1]《威尼斯商人》：英国杰出戏剧家、诗人威廉·莎士比亚（1564—1616）的经典喜剧作品。

前 言

  我要写下的这个故事,把它说给我听的人是从他的父亲那儿听来的,他的父亲又是从自己的父亲那儿听来的,那位父亲也是从他父亲那里听来的——这么着,可以往前推个三百多年,全靠父亲们讲给儿子们,这故事才得以流传。它也许是史实,也许只是演义。它也许发生过,也许从未发生过,但完全有可能发生。在过去,可能连聪慧世故的人都对这故事深信不疑;但如今,也许只有天真单纯的人才会喜欢和相信它。

目录 contents

导读 / 01

文学大师献给孩子的故事

第一章 / 001
王子与贫儿出生了

第二章 / 003
汤姆的幼年

第三章 / 012
汤姆与王子相遇

第四章 / 026
王子的麻烦开始了

第五章 / 032
汤姆成了贵族

第六章 / 043
汤姆接受指导

第七章 / 054
汤姆初次用膳

第八章 / 061
事关国玺

第九章 / 065
游河盛会

第十章 / 070
受困的王子

第十一章 / 084
来到市政厅

第十二章 / 095
王子与救星

第十三章 / 110
王子失踪

第十四章 / 117
国王驾崩，国王万岁

第十五章 / 136
汤姆当了国王

第十六章 / 154
国　宴

第十七章 / 160
疯子一世

第十八章 / 179
王子和流浪汉

第十九章 / 193
王子和农民

第二十章 / 202
王子与隐士

第二十一章 / 212
亨顿前来拯救

第二十二章 / 220
惨遭背叛

第二十三章 / 229
王子变囚徒

第二十四章 / 236
逃 跑

第二十五章 / 240
亨顿府

第二十六章 / 252
断绝关系

第二十七章 / 259
监 狱

第二十八章 / 275
牺 牲

第二十九章 / 281
去伦敦

第三十章 / 285
汤姆有所进步

第三十一章 / 289
相 认

第三十二章 / 300
加冕日

第三十三章 / 318
爱德华重登王位

尾声 / 331
善有善报，恶有恶报

马克·吐温年表 / 337

导读

文学大师献给孩子的故事

一、也许发生过,也许从未发生

提到马克·吐温,我们会想到在美国文学史上地位举足轻重的《哈克贝利·费恩历险记》,或者是那部风靡全世界的《汤姆·索亚历险记》。实际上在这两部小说的出版间隙,马克·吐温还创作了另一部以顽皮小男孩为主角的小说,那就是出版于1881年的《王子与贫儿》。这三部作品连起来可以视为马克·吐温给孩子的"冒险书三部曲"。之所以说它们是"三部曲",不仅由于它们的主角都是顽皮的小男孩,还因为它们都是以小见大,从孩童的视角观看世界的不公。这部《王子与贫儿》是马克·吐温献给他两个乖巧可爱的孩子，苏西和克拉拉的成长礼物。作为"冒险书三部曲"的第二部，它就像夹心饼中的夹心一样，虽然并不像其他两部那样引人注目，但味道同样可口。

在《王子与贫儿》中，马克·吐温一改平日的风格，不仅把故事发生的舞台从他所熟悉的美国中西部挪移到了英国伦敦，甚至连写作风格也随之改变，多少有些向狄更斯致敬的意味。

故事发生在十六世纪中叶的英国。那是亨利八世统治的时代，也是宗教改革发生的时代。在当时，这桩改变英国社会的重大历史事件给人们的生活究竟带来了怎样的影响呢？马克·吐温通过这样一个奇妙的幻想故事，从孩子的视角出发，让我们看到了当时平民的生活与日常，感受到了上层结构的变动给老百姓所带来的动荡。

作为一名讲故事的高手，马克·吐温通过活灵活现的人物、精彩曲折的情节，让我们在嬉笑怒骂间便看尽了当时的人间百态。他塑造了两个长得一模一样的孩子，他们分属的阶层却有着云泥之别。两个小孩对彼此的生活充满向往，又在阴差阳错间交换了身份，一场大冒险由此展开。就这样，通过两个孩子不同的视角，马克·吐温巧妙地向读者展现了王室内部存在的问题与贫民生活困窘的无奈，让我们看到了当时英国社会的整体状态。

了解了真实的历史背景之后再读这个故事，我们就能看到马克·吐温在这部作品里投注了多少心血。情节的设置，人物的安排，每个转折，每个细节，都暗合着当时历史长河流淌过的每一个弯道。我在本书中做了不少注解，就是为了让读者朋友们体会到马克·吐温的良苦用心。

例如他写贫儿被独自留在王子的内室中，好奇的小男孩开始模仿王子的仪态走路，还回想起了几周前看到的一名骑士的举止，于是他拔出佩剑在镜子前照样演了一遍。这个情节一方面体现了贫儿对王室生活和贵族阶层的向往，另一方面又透露出贫儿曾经见过一位公爵被关进伦敦塔，而这位公爵便是历史上著名的诺福克公爵。史书记载，诺福克公爵父子入狱的时间是1546年12月12日，这个时间点跟这个虚构故事的时间线是完全契合的。诺福克公爵在之后的故事中还会继续出场，作者不着痕迹地把这样一个真实的历史人物融入了虚构人物贫儿汤姆的经历之中，让这个故事变得真假难辨。就像作者半开玩笑地在序言中所写的那样："它也许是史实，也许只是演义。它也许发生过，也许从未发生过，但完全有可能发生。"

二、触摸历史的温度

即使对不了解历史背景的人来说,《王子与贫儿》也是一部有趣的小说。它算是历史上第一部以"互换身份"为主题的作品,出版之后备受舞台剧与电影制作者青睐,被多次改编。故事中贫儿和王子两条线交错进行:一方面是贫儿在王宫中闹笑话,一方面是王子在贫民窟遭遇危险,一张一弛,一松一紧,吊足了读者的胃口,读来不忍释卷。此外,在本书中马克·吐温也毫不吝啬地使用了自己最擅长的幽默感,他甚至会在写到极其悲凉低沉之处,忽然狡黠地开一个玩笑。作为读者,常常是拧着的眉头还来不及舒展开就情不自禁地跟着笑了。例如他描写小王子一路碰壁,跌跌撞撞、饥寒交迫间终于觅得一户农家,在凄风苦雨的夜晚躲进了四处漏风的牛棚,获得一夜安宁。读者刚刚还在为小王子的遭遇慨叹,作者忽然来了一句:"小牛……是非常单纯的生物,不会为暴风雨烦心,也不会因为跟国王睡在一起而感到羞耻。"原本是养尊处优的小王子沦落至与牲畜共眠,但是在马克·吐温这个老顽童的眼里,小牛被迫跟王子一起睡觉没准儿才是丢人的事呢,好在小牛心胸宽广,不会跟王子计较。这就是我们可爱的幽默大师,他的幽默建立在他那颗平等、公正、拥有大爱的心上。

马克·吐温的故事还有一个最大的特点,即他所描绘的绝不是黑白分明的世界。

比如他描写落魄的王子在民间流浪，结果被游民捉进了贼窝。傍晚，醒来的王子迷迷糊糊地看到一群人在火堆边喝酒作乐，个个面目可憎，"这样的画面国王连在书里都没有读到过，甚至做梦都没梦到过"。他们唱着最粗俗的小调，一个个都是恶形恶状。接着，马克·吐温笔锋一转，借由其中一人的询问，开始写这些恶棍们的遭遇。没想到，这些看上去无恶不作的社会败类，却都有着十分悲惨的身世，尤其是其中一个假装成瘸子的人。他原先是个农民，却因为宗教改革所引发的连锁反应失去了妻女和田地，被迫沦落，干起了坑蒙拐骗的营生。写到这里，马克·吐温让这个人举起了酒杯，说了一段非常动人的祝酒词：

> ……来吧，干杯！把杯子拿起来，伙计们，高高兴兴的！咱敬仁慈的英国法律一杯！感谢它救我母亲逃出了英国这活地狱！谢谢伙计们，谢谢你们。我挨家挨户地讨饭，带着老婆，还有饿肚子的孩子们。谁能想到啊，在英国，饿肚子也犯法！他们把我们的衣服脱了，用鞭子抽着我们游行了三个村子。再敬仁慈的英国法律一杯！我的玛丽被打得太狠，这倒是挺好的，她解脱了！现在她躺在坟包里，不会再受罪了。还有我的孩子们，法律挥着鞭子把我从一个村子赶到另

一个村子的时候,他们就被活活饿死了。碰杯吧,伙计们,咱们倒上一点儿酒,这一滴敬我可怜的孩子们,他们没伤过任何人呀!

这个农民把自己悲惨的遭遇以看似欢乐的祝酒的形式表达出来,于是这段陈述便披上了浓厚的反讽色彩,让读者感受到了更为深沉的悲凉。看到这里,刚刚还满心嫌恶的读者不由得对这些坏蛋们产生了同情,原来他们如今的处境也是身不由己。但是马克·吐温的叙述还在继续——第二天一早,这些游民上路了,他们具体做的是什么营生呢?就是欺负那些比他们更贫穷、更弱小的底层百姓。他们又偷又抢,恐吓路人,侮辱打骂无辜的农户。看到这里,读者又恨得牙齿发痒,觉得这帮人实在是无恶不作!就这样,从黑夜到白天,从喝酒到睡醒,我们跟随着马克·吐温的讲述,心情发生了两三次转变,从嫌恶到同情,再到愤恨。我们看到了这些人可恶的地方,也透过表象看到了背后可悲的成因。马克·吐温写这些人物,不是为了让读者简单地去批评,而是希望我们可以看到一幅全景:高层的变革带来底层的动荡,导致平民间层层欺凌,彼此倾轧。他让我们看到,这些游民确实每个人都存在自身的问题;但与此同时,发生在他们身上的问题也

不仅仅是个人的问题，而是整个社会的问题。

三、看得见、摸得着的故事

现在是网络时代，信息传播得快，人们遗忘得也快。在这种信息高速流动的环境里，我们也许会来不及停下来思考。讨论一件事情的时候，我们往往倾向于快速地下判断：这件事是对的还是错的；是由这个原因引起的还是由那个原因引起的。网络上很多争吵都是因此而起，众人忙着站队，划分黑白，但生活是复杂的，世界是多元的。一件事的发生往往有很多原因，在发展的过程中，它也会在好坏之间不断转换，更多的时候它会呈现出非黑非白的灰色。如果能够理解这样的客观现实，那么我们就应该清楚，所谓的"定论"并不存在，比起站队，更重要的是我们能通过某件事看到世界的某种本质。

怎样才能拥有这样的视角呢？"故事"就是最称职的工具。故事的原理就是通过罗列事实来展示"本质"。它不会像议论文那样直接提出观点，而是必须通过情节和人物来表达。这样一来，即使每位作者都会不可避免地把自身的"印记"带入故事之中，但很多故

事，尤其是经典的、历久弥新的故事是能够萌发出生命力的。它们会变成"活物"一般的存在，进入每位读者的心里，播下不同颜色的种子，让每位读者都可以收获属于自己的"哈姆雷特"。

读故事的时候，我们无形之中便站在了"上帝视角"，也就是说，我们站得更高，进而拥有了更为开阔的视野，于是也就不再满足于简单地划分黑白。我们能看到一件事的方方面面，这促使我们从多个角度进行思考。实际上，这就是历史的视角。为什么说"以史为镜"？因为回顾历史，我们能看到一件事发展的全貌，从而窥见某种本质。我们谈论历史事件的时候不会简单地把它们概括为"好事"或者"坏事"，因为我们知道历史的发展是复杂的、多因的。具备辩证的思维模式，能够很好地帮助我们拓宽视野。《王子与贫儿》这样的小说正是起到这样的作用。它以真实的历史为背景，通过虚构的人物，向我们展现出一幅完整的、丰富的画卷，把由人名、年表构成的冰冷的史实，变成了看得见、摸得着、有气味、有温度的生活，让宏观的历史名词回归日常，落到每一个个体身上。于是，我们就看到了大机器运作背后那些真实的痛苦，看到了在席卷而来的历史浪潮中渺小的人的身不由己和无数普通人的血与泪。

马克·吐温在本书开头引用了一段来自莎士比亚《威尼斯商人》的台词："仁慈这项品质……这是普天下最伟大的品质。"虽然他指向的是本书中的国王，但在我看来，这句话同样适用于今天的普通人。

当个体的遭遇越来越频繁地变成互联网上的一串串代码时,我们需要退出信息的长河,踏上生活的土地,唤回我们那颗仁慈的心。

黄求岷

2023 年 7 月 20 日

第一章

王子与贫儿出生了

这里是古老的伦敦城,在十六世纪三四十年代的一个仲秋之日,有一个男孩子出生在了贫苦的坎提家,可这家人并不想要他。同一天,还有一个英国孩子出生在了富有的都铎家,这家人倒是想要他的,应该说,全英国都想要他来,盼着他来,等着他来,还为了他向上天祈祷。如今他果真来到这个世界了,大家简直高兴得发疯,就连素不相识的人都抱在一起亲吻、哭泣。每个人都给自己放了大假,不论身份是高是低,兜里有钱没钱,人人都去吃大餐,跳舞唱歌,一醉方休。

狂欢持续了几天几夜。白天的伦敦城盛况空前,家家户户的阳台和屋顶彩旗飘扬,盛大的游行队伍穿街走巷;夜里的伦敦城也不遑多让，到处是熊熊燃烧的篝火，人们成群结队地围着火堆作乐。整个英国不聊别的，只谈论这个刚出生的孩子——威尔士亲王[1]爱德华·都铎[2]。王子裹着绫罗绸缎，对这些骚动浑然不觉，也不知道伺候照看他的全是王公贵族——他也不关心。另一个孩子汤姆·坎提呢？他裹着破布，出生在一个乞丐之家，除了家里人埋怨又多了他这么个负担，没有人会谈论他。

---

1. 威尔士亲王：专属于英国王室王储的一个头衔，是王位继承人的标志。
2. 爱德华·都铎（1537—1553）：亨利八世和第三任妻子简·西摩的儿子。都铎王朝的第三位国王，根据史书记载，其出生日期应为1537年10月12日。

第二章

汤姆的幼年

现在姑且让我们跳过几年。

汤姆出生的时候,伦敦就已经是有着一千五百年历史的大城市了。居民有十万人,有人甚至认为实际人数有两倍之多。伦敦城里的街巷大多狭窄、曲折、肮脏,尤其是汤姆·坎提住的那个地方。那里离伦敦大桥不远,房屋都是木造的,第二层从第一层上头探出去,第三层又从第二层上头支出来。总之,楼层越高,房子就建得越宽。这些房子的骨架都由十字交叉的粗大梁木组成,空隙处填入实料,外头再抹上灰泥。屋主会根据自己的喜好把梁木漆成红色、蓝色或黑色,倒也称得上是一道风景。房子上的窗极小,上面镶嵌着小小的菱形玻璃。窗子像门那样装着合页,朝外开。

汤姆的父亲住的那个脏旮旯儿叫垃圾院,就在布丁巷旁边。他家所在的那栋小楼破败不堪、摇摇欲坠,里边挤挤挨挨的全是穷人。坎提一家子占着三楼的一间房。摆在房间一角的勉强算是张床架子,父亲和母亲就睡在那上头。汤姆、奶奶还有两个姐姐贝特和楠可就用不着那么束手束脚——整片地板都是他们的床,晚上想睡哪儿就睡哪儿。地上还扔着几条破毯子和几堆陈年脏稻草。这些很难称得上是铺盖,因为从来没有好好铺过。白天他们用脚把这些东西大致扒拉到一处,晚上就从里头挑点儿能用的出来。

贝特和楠今年十五岁,是一对双胞胎。两个姑娘心地善良,不过穿得又脏又破,而且什么都不懂。她们的母亲差不多也是这样。父亲和奶奶是很凶的,他们一有机会就会喝个烂醉,然后要么互殴,要么见谁打谁。哪怕没喝酒,他们也总是满嘴脏话,骂不绝口。汤姆的父亲约翰·坎提是小偷,他的母亲是乞丐。他们倒是没让孩子们做贼,但叫他们都当了乞丐。这栋楼里住的全是这种乌七八糟的人,只有一位格格不入,那就是善良的老神父。国王遣散了他所在的修道院,[1] 他被赶了出来,只得了一丁点儿补偿。这位安德鲁神父常

---

1. 1536 年至 1541 年间,亨利八世施行了一系列解散修道院的举措。大量修士被迫还俗,安德鲁神父就是其中之一。

常在私下里教孩子们做人的道理。他还教汤姆读书写字,甚至教了他一点儿拉丁文。本来他也想教贝特和楠,可姑娘们害怕被朋友们嘲笑。同伴中竟然有人学习,她们那些朋友可受不了。

整个垃圾院住的全是和坎提家一样的货色。醉酒、斗殴和吵架就是这里的常态,整夜如此,夜夜如此。在这个地方,脑袋被打破和挨饿一样寻常。不过小汤姆并没有觉得不幸。他是过得很苦,可他自己并不知道。垃圾院的每个男孩子都在过这样的日子,所以汤姆以为生活就是如此,这已经算是好日子了。夜里要是空着手回家,汤姆知道父亲肯定会先来打骂一顿,等他完事了,可怕的奶奶还会变本加厉地再来一次。到了深夜,饥肠辘辘的母亲会偷偷塞给他一点儿少得可怜的面包皮或面包渣,这还是母亲以自己饿肚子为代价才能给汤姆留出来的。即便如此,她这种背叛行为还是常常会被丈夫发现,换来一顿毒打。

总之,汤姆觉得自己过得挺不赖,今年夏天尤其快活。因为禁止乞讨的法令变得更严苛了,惩罚非常残酷,所以他只用乞讨到够自己吃的一份儿就行。[1] 这让他有很多时间可以用来听好心的安德鲁

---

1. 亨利八世解散修道院的一个重要目的,就是没收修道院的财产,其中包括大量土地。王室将这些土地大部分卖给了乡绅、商人等。这些人占有土地后,就将土地上的农民赶走了。大量无业农民被迫流入城市,生活凄惨,导致犯罪率上升,城市不堪重负。为限制流民,亨利八世颁布了严苛的法令:所有健康的成年人,一旦被发现乞食,就要被剥光衣服绑在马车后游街示众,同时被鞭打至流血为止,然后被遣返回原籍。

神父讲故事。神父讲的都是迷人的古老传说，关于巨人和仙女，矮人和精灵，中了魔咒的城堡还有高贵的国王和王子。渐渐地，这些奇妙的故事占据了汤姆的全部心思。许多个夜晚，当他躺在黑暗里，睡在那堆少得可怜、臭得令人作呕的稻草上，又累又饿，被打得浑身疼痛时，只要放飞想象，进入那个梦幻的世界，汤姆就能把所有苦痛抛到九霄云外：他喜欢幻想自己是一名备受宠爱的王子，住着豪华的宫殿，过着神仙般的日子。不久，这样一个念头开始在汤姆心头萦绕：他想亲眼看看真正的王子。他把

这个心愿向垃圾院的小伙伴提过一次，结果遭到了无情的嘲笑。从那以后，汤姆就把这件事深藏在了心底。

汤姆越来越爱读神父的旧书。他求着神父仔细地讲解给他听。读书和做白日梦逐渐让汤姆发生了变化。在他的梦里，人们的穿着都很讲究，所以汤姆也开始对自己身上又脏又破的衣服感到羞耻了。他希望能穿得更加干净体面。他还是会在烂泥地里玩，玩得也挺高兴，不过之后去泰晤士河玩水就不光是为了找乐子了，这个活动多了一项重要的附加价值：把自己洗干净。

汤姆喜欢去齐普赛街的五月柱[1]旁还有集市上看热闹。时不时地会有某个倒霉的显贵被押去伦敦塔坐大牢，有时走陆路有时坐船，那时他和伦敦城里的居民就能看到军队游行。有一年夏天，汤姆看到可怜的安妮·阿斯科[2]和三个男人一起被烧死在了史密斯菲尔德的火刑柱上，还听前主教做了一次无聊的布道。

没错，总的来说，汤姆的日子过得是多姿多彩。

渐渐地，读书加上关于王子的白日梦，汤姆的变化越来越明显。他甚至开始下意识地模仿起王子。说来也怪，他的言行举止真的变

---

1. 五月柱：在英国，每年5月1日五朔节时，人们会竖起装饰着绿叶的柱子，然后围着柱子唱歌舞蹈。
2. 安妮·阿斯科（1521—1546）：英国作家、诗人。她是亨利八世统治期间最后一个被处死的殉道者，也是英国历史上第一个提出离婚的女性。

得越来越庄重优雅，弄得小伙伴们是又好笑又佩服。一天天过去，这帮孩子也渐渐被汤姆感染了。没过多久，他们便对汤姆莫名地敬畏起来，甚至对他有些刮目相看。汤姆确实懂得很多！言行举止都显得煞有介事，他是那么高深莫测！孩子们把汤姆的事告诉大人，于是就连大人们也开始议论汤姆·坎提，认为他的确像个天才。他们甚至会找汤姆排忧解惑，还经常对他给的点子赞叹不已。事实上，除他的家人以外，认识汤姆的人都把他当成英雄，只有家里人觉得他不值一提。

不久，汤姆竟然悄悄组建了一个朝廷！他当王子，他的铁哥们儿就是卫兵、大臣、武官、侍从、侍女，还有王室的其他成员。他们按照一套精心准备的流程，每天给假王子请安，那套规矩是汤姆从读到的故事里照搬过来的。王室议会每天都要商议妄想国的国家大事，妄想国王子每天都会对妄想陆军、海军和总督们发号施令。

会议结束以后，身穿破衣烂衫的汤姆就照例出去讨几枚铜板，吃一点儿面包屑，挨上几顿打，然后躺在少得可怜的臭稻草上，在梦里继续盖他的空中楼阁。

日子一天天一周周地过去。汤姆想亲眼看看真正的、活生生的王子，哪怕只看一眼——这份渴望在心中愈演愈烈，最后甚至吞噬了其他愿望，成了汤姆人生中唯一的念想。

转眼到了一月，这天汤姆照常出去乞讨。他无精打采地在民辛巷和东齐普小街附近来回溜达。几小时过去，光着脚的汤姆冷得要命，对着食品店的橱窗直流口水。那里面摆着的都是肉馅饼这类美味的食物，在汤姆看来这都是给天使准备的珍馐——他是根据香气判断的，毕竟他从来没有吃上一口的命。蒙蒙冷雨淅沥沥地下着，天色阴沉，真是叫人灰心丧气的日子。

夜里回到家，汤姆又湿又累又饿，那副凄惨的模样就连父亲和奶奶都被触动了。他们立即用自己的方式做出了回应——结结实实地扇了汤姆一巴掌，叫他滚

去睡觉。疼痛和饥饿，再加上楼里总有人吵架斗殴，汤姆很长时间都没睡着。不过最终，他的思绪还是飘去了那个遥远的、神秘的国度。他睡着了，梦见了一群穿金戴银的王公贵族。他们住在宽敞的宫殿里，仆人们不是在给他们请安，就是在跑前跑后地伺候。接着，和往常一样，汤姆梦见自己成了一名王子。

汤姆一整晚都沐浴在王室的荣光之中，在王公贵族之间行走，浑身熠熠生辉。他闻到的是香风阵阵，听到的是仙乐飘飘；遇到盛装的人群，个个都恭恭敬敬地给他让路。汤姆对这边笑笑，对那边颔首，很有王子的派头。

到了早上，他醒来看到身边窘迫的环境，刚才的美梦便带来了一贯的效果——他身处的这个屋子变得比以往污秽上百倍。这让汤姆不禁心生苦涩，悲伤落泪。

第三章
汤姆与王子相遇

汤姆饿着肚子起了床,又饿着肚子出了门,满脑子都是美梦的残影。他在城里漫无目的地游荡,完全不在意自己正走往哪个方向,对身边的人和事更是漠不关心。有人推搡他,有人骂他,可这个孩子一心沉浸在思绪里。就这样走着走着,汤姆突然发现自己到了圣

殿关¹。从家出来往这个方向走，这是他到过最远的地方了。汤姆停顿片刻，又继续做起了白日梦，就这样他继续向前，出了伦敦城。从这里开始，河岸街就不再是一条乡间小路，而是可以勉强称作街道了。街道两旁的建筑不算多，一侧的房子还算密，可另一侧只零星散布着几幢大宅。那都是有钱贵族的豪宅，院子宽敞又漂亮，一直延伸到河边——如今这些院子铺满了冷冰冰的砖石块。

现在汤姆来到了查令村。他在古代先王为已故亲人竖立的漂亮十字架²边歇了歇脚，便继续沿着幽静美丽的小路漫步。经过红衣主教堂皇的宅邸后，他走向前方更为富丽的宫殿，那就是威斯敏斯特宫。宏伟的建筑结构、扩展的两翼、肃穆的堡垒角楼、巨大的石头

---

1. 圣殿关：伦敦城和威斯敏斯特市之间的一道门楼，在十六世纪时还是木制的。从伦敦城走出圣殿关，往前就是河岸街，再往前便是威斯敏斯特宫。
2. 十字架：当时此处属于伦敦城西郊的查令村，因此这座十字架又被称作"查令十字"，是著名的埃莉诺十字架中的一座。埃莉诺十字架共有十二座，十三世纪末由英国国王爱德华一世为纪念自己的亡妻埃莉诺所建。如今的查令十字路口已是伦敦的中心。

门洞、闪闪发光的栏杆、一整排庄严的巨型石狮,还有英国王室的各类象征和标志物……一切都令汤姆啧啧称奇。难道他真的要实现这辈子最大的心愿了吗?这里正是国王的宫殿呀。老天会不会开眼,让他见一见那位真正的王子呢?

两尊活雕像正伫立在镀金宫门的两侧——这说的是两位身姿笔挺、表情肃穆、从头到脚都披覆着闪亮铠甲的卫兵。隔着挺远的距离站着好些个乡下人,也有从城里过来的。大家都等着能有机会一睹王室的风采。宫墙上好几扇宏伟的大门敞开,华丽的马车正从那里进进出出,里头载的是华丽的乘客,外头跟着的是华丽的仆人。

可怜的小汤姆穿着一身破衣裳走了过去。他放慢脚步,提心吊胆地从卫兵身旁走过,揣着一颗怦怦直跳的心,渐渐升起希望。就在这时,透过金色的栏杆,汤姆看到了令他欣喜若狂的画面:栏杆后面出现了一个俊俏的小男孩。由于经常在户外运动,他的肤色晒得十分健康,身上穿着绫罗绸缎,佩戴的珠宝更是熠熠生辉。他腰上挎着镶珠嵌玉的长剑和短刀,脚穿精致的红跟高筒靴,头戴一顶漂亮的深红软帽,一颗闪耀的大宝石扣住了那根垂坠的翎毛。好几位气度不凡的男子站在他身边——毫无疑问,那都是他的仆人。噢!他是一位王子!是活生生的、货真价实的王子!绝对错不了!小乞丐心中的祈祷终于得到了回应。

汤姆的呼吸变得急促，他瞪大眼睛，脸上充满好奇和欣喜，一时间脑子里只剩下一个念头：再靠近一点儿，我要眼皮子都不眨地把这位王子好好看看。等回过神来，汤姆的脸已经紧紧贴上了栏杆。卫兵立即粗鲁地抓住了他，往那帮看得目瞪口呆的乡巴佬儿和城里闲汉中间一扔，说："注意你的行为，小乞丐！"

人群发出哄笑，小王子却朝着大门跑了过来。只见他涨红了脸，眼中冒着怒火，冲卫兵喊道："你怎敢如此对待一个可怜的孩子？怎敢如此对待父王的百姓？开门，让他进来！"

哇！你真该瞧瞧那个场面！那帮见风使舵的围观群众全都开始欢呼："威尔士亲王万岁！"

卫兵们举起斧枪行了个礼，随后便打开了宫门。贫穷小王子就这样穿着在风中凌乱的破衣裳从他们面前经过，富贵小王子牵起他的手时，卫兵们又行了一次礼。

爱德华·都铎说："你看着又累又饿，肯定受了不少罪。跟我来吧。"

六七个随从立马撒腿往前跑——我也不知道他们要干什么，总之是想掺和一下。不过王子做了一个手势拦住了他们，这帮人便像雕像一样原地不动了。爱德华把汤姆带进王宫，来到一个富丽堂皇的房间，他说这里是他的私室。接着王子一声令下，那些汤姆只在书里读到过的美味佳肴便呈了上来。咱们这位王子是真正的王子，

非常细心体贴。他吩咐仆人们退下，免得这位身份低微的客人因为他们挑剔的眼神而感到不自在。接着，王子坐到汤姆身旁，一边看他吃一边提问。

"你叫什么名字？"

"回您的话，我叫汤姆·坎提。"

"这名字真怪。你住在哪儿？"

"回您的话，我住在城里的垃圾院，就在布丁巷旁边。"

"垃圾院！这名字也够怪的。双亲可健在？"

"都在呢，殿下。说起来我还有个奶奶，可我跟她不亲。这话有点儿大逆不道，求上天原谅我吧。我还有一对双胞胎姐姐，叫楠和贝特。"

"听你的意思，你奶奶对你不怎么好？"

"回您的话，她跟好字根本沾不上边儿。我奶奶心肠坏得很，成天干坏事。"

"难道她虐待你？"

"有时候她能管住手，比方说睡着了或是喝多了的时候，但只要清醒过来，她肯定会抓着我一顿好打。"

小王子的眼神顿时凌厉起来："什么？！她打你？"

"回您的话，千真万确。"

"怎么能打人？！——你明明又小又弱！你听着，天黑之前我就要把她关进伦敦塔,我的父王——"

"殿下,您可能忘了,她是贱民,伦敦塔只关贵族。"

"噢,这我倒是没想到,那我再想想该怎么惩罚她。你父亲对你好吗?"

"比奶奶好不到哪儿去,殿下。"

"父亲们可能都这样。我父亲的耐心比小娃娃还少,打起人来下手很重,但是他没打过我。不过他嘴上可没饶过我呢。你母亲待你怎么样?"

"我母亲很好,殿下,她不会伤我的心,也不会打我。楠和贝特跟她一样好。"

"她们两个多大了?"

"回您的话,十五岁了。"

"我的姐姐伊丽莎白公主十四岁了。简·格蕾女爵是我的表姐,跟我同龄,她既美丽又亲切。我还有一个姐姐,就是玛丽公主,可她太阴郁了,而且——我问你,你的姐姐们会因为恐惧罪孽摧毁灵魂,就不准仆人笑吗?"

"我的姐姐?噢,殿下,您觉得我的姐姐会有仆人吗?"

小王子看着小乞丐,认真地琢磨了一阵子,然后说:"为什么会没有仆人呢?那夜里是谁帮她们宽衣?早上又是谁帮她们更衣呢?"

"没谁,殿下。她们就一件衣服,夜里要是脱了岂不是光着身子

了？那跟动物有什么两样？"

"只有一件？难道她们没别的衣服？"

"啊,尊敬的殿下,要那么多衣服干吗?一个人也没有两副身躯呀。"

"这想法真怪,但也很妙!抱歉,我不是有意嘲笑你。善良的楠和贝特理应有足够的衣裳和足够的仆人。这事也得尽快处理,我的下人会安排的。不,用不着谢我。这不算什么。你的谈吐不错,显得挺大方的,是上过学吗?"

"我也不知道算不算上过学。有一位好心的神父,我们叫他安德鲁神父,他教过我一些书上的东西。"

"你懂拉丁语吗?"

"只懂一点点,殿下。"

"你该好好学学拉丁语,学到后头就容易了。希腊语难一些。但不管是拉丁语、希腊语还是任何一种语言,恐怕都难不倒伊丽莎白公主和我的表姐。你真该瞧瞧那两位小姐讲外语的样子!不过还是先说说你的垃圾院吧。你在那儿过得好吗?"

"回您的话,要是不挨饿,其实还算快活。我们可以看木偶戏,还有猴戏——那些小家伙可滑稽了!一本正经地穿着衣服!还有那种打打闹闹,最后所有人都死了的戏,那种戏也挺好看,门票只要一法新¹——不过搞到一法新也不容易。"

"再跟我说说。"

"我们垃圾院的孩子有时候会用短而粗的棍子对打着玩,就是学徒们玩的那种。"²

王子的眼睛亮了:"天哪,这也太好玩了,再多说点儿。"

"我们还会赛跑,看谁跑得快。"

"这也好玩,接着说。"

"夏天我们去水渠还有河道里蹚水、游泳,往旁边的人身上泼水;还可以大叫着跳水、翻筋斗跳水——"

"要是能享受这样的日子,哪怕只有一天,我情愿拿父王的国土来换!请继续。"

"我们在齐普赛街的五月柱边上唱歌跳舞。我们玩沙子,把身边的人用沙子埋起来。有时我们还玩泥巴——噢,泥巴可太好玩了,世上再也没有比泥巴更好玩的东西了!不怕您笑话,我们简直像小猪一样在泥巴里打滚呢!"

"噢,这还用说吗?肯定好玩极了!要是我能穿着你这样的衣服,光着脚,去泥巴里疯上一回,就一回,没人批评我,没人拦着

---

1. 法新:英国旧制货币。
2. 那个年代的欧洲底层人民之中流行的一种消遣,两个年轻人互相捉住一只手,另一只手各持短棍相互击打,一直打到对方认输就算胜利。

我，我宁可不要这王冠！"

"可要是我能穿上一次您这样漂亮的衣服，哪怕就一次……"

"你喜欢我的衣服？对啦！这样好了！脱下你的破衣服，换上我的漂亮衣服怎么样！虽然只能高兴一小会儿，但肯定好玩！趁着没人，快换吧，有人来我们就换回来。"

几分钟后，小小的威尔士亲王便披挂上了汤姆那身凌乱的破布头，而小小的乞丐国王子则用华丽的王室衣服给自己装扮一新。两个人肩并肩站在大镜子前一看，奇迹发生了：他俩简直像没换过衣服一样！两个孩子看看对方，看看镜子，又看看对方。终于，迷惑的小王子开口了："你说，这是怎么一回事？"

"噢，尊敬的殿下，求您别问我，凭我的身份可不敢说出那句话。"

"那就让我来说。我们发色一样，眼睛一样，声音一样，动作一样，体形一样，身高一样，脸和表情都一样。要是光着身子走出去，没人能分得清哪个是你，哪个是威尔士亲王。还有，穿上你这身衣服，我好像更能体会你的心情了，刚才你被那个粗鲁的卫兵——哎呀，你手上那是块淤青吗？"

"是的，不过这没什么的，那个可怜的卫兵——"

"安静！真是可耻！残忍！"小王子喊着，跺着他的小赤脚，"要是父王知道了——我回来之前一步也别动！这是命令！"

小王子迅速抓起桌上放着的一件国家级重要物品，把它收好，接着便穿着那身破布条冲出了门，朝着王宫外一路飞奔。他气得满脸通红，眼中喷射着怒火，一跑到宫门边便抓着栏杆摇晃起来，嘴里喊着："开门！打开宫门！"

刚才打过汤姆的那个卫兵马上听了命。小王子冲出宫门，还没来得及大发君威，那卫兵就给了他一记响亮的耳光，把小王子打得滚到路边。只听那卫兵说："尝尝这个吧，乞丐崽子，叫你在殿下面前告我的状！"

人们哄堂大笑。小王子从泥里爬起来，愤怒地对卫兵吼道："我可是威尔士亲王，身娇肉贵，敢对我动手，必处绞刑！"

那卫兵对王子行了个举枪礼，阴阳怪气地说："向您致敬，尊敬的殿下。"随后，他又立即怒吼："快滚，疯子！"

哄笑的人群把可怜的小王子团团围住，推搡着他离开，一路喝着倒彩："王子殿下驾到喽！威尔士亲王驾到喽！"

第四章

王子的麻烦开始了

这帮乌合之众足足追打和骚扰了小王子好几个小时。一开始他一直在反抗,并且以王子的口吻发出威胁和号令,逗得那帮人简直乐不可支。但是等小王子被闹得筋疲力尽,再也说不出话来的时候,折磨他的人就觉得没意思了。他们丢下他,去了别的地方找乐子。这时小王子环顾四周,才发现自己已迷失了方向,只知道自己还在伦敦。他漫无目的地走着,很快就发现两边的房屋变得零落,行人也变得稀少。他把流血的脚泡进小溪——这条小溪流过的地方就是今天的法灵顿路——稍作休息再继续往前,不久便来到了一处广场。这周围散落着几幢房子,中间矗立着一座宏伟的教堂。王子认得那座教堂。现在那里搭满了脚手架,还有许多工人,应该是正在修缮。

王子顿时松了口气——觉得麻烦总算结束了。他想:"这里原本是灰衣修士的天主堂,是父王把它收走,变成了穷人和弃儿永远的家。现在它是基督堂[1]了。我身为父王的儿子,他们肯定会热烈地欢迎我,毕竟父王对他们那么慷慨!再说,这个善堂收留的不正是像我现在这样穷困的可怜人吗?"

小王子很快就发现了一群小男孩。他们又跑又跳,要么玩球,要么跳山羊,要么自己瞎胡闹,都吵吵嚷嚷的。他们的穿着相似,正是当年仆人和学徒流行的打扮:头上是茶托那么点儿大的黑色扁帽,这玩意儿什么也遮不住,款式呆板,根本算不上装饰品;帽子底下露出不分路子的一截刘海,把额头盖住一半,底边修齐。他们一个个脖子上戴着牧师领,身上穿着贴身的、垂到膝盖以下的长袖蓝袍,系着红色宽腰带,套着亮黄色长袜,袜带固定在膝盖上方,脚上是装饰着大金属扣的低帮鞋。总之是相当难看的打扮。

男孩子们停止打闹,朝小王子围了过来。王子用与生俱来的威严语气说道:"好孩子们,去跟你们的主子说,威尔士亲王爱德华殿下有事找他。"

一听这话,孩子们爆发出一阵喧闹声,简直像炸了锅。其中一个粗鲁的家伙说:"哎呀,那你就是殿下的信使喽,小乞丐?"

---

1. 指英国第二大教堂圣保罗大教堂,也是世界第五大教堂,最早在604年建立。

小王子气得满脸通红,手立即摸向腰间,但摸了个空。又是一阵哄堂大笑。一个孩子说:"瞧见了吗?他以为自己有剑!他真以为自己是王子。"

这番挖苦引得大伙儿笑得更大声了。可怜的爱德华挺起胸膛,庄严宣布:"我就是王子。你们受了父王的恩惠,怎可如此待我?"

随之而来的大笑说明孩子们都乐疯了。第一个说话的小孩冲着小伙伴们嚷嚷:"嘿!你们这些奴才,就知道吃王子殿下家的救济粮,怎么一点儿礼数都不懂啊?赶紧跪下呀,快给尊贵的王室和这身破衣服行礼!"

孩子们笑得前仰后合,纷纷跪下,阴阳怪气地对着他们的"猎物"行礼。小王子朝离他最近的那个孩子身上踹了一脚,恶狠狠地说:"让你尝尝我的厉害!明天就让你上绞架!"

哎呀,这一脚可不像开玩笑,应该说一点儿也不好玩。笑声马上停了,取而代之的是怒火。十几个孩子喊着:"拉他走!拉他去饮马池!狗在哪儿?嘿!'狮子'!'尖牙'!快过来!"

接下来的这一幕从未在英国发生过——神圣的王位继承人被平民粗鲁地推推搡搡,还被他们放出来的狗追逐撕咬。

直到夜幕降临,小王子才发觉自己已经走到了一处房屋稠密的街区。他身上全是淤青,手上流着血,破衣服沾满了泥。他越走越找不到方向,累得筋疲力尽,虚得一步都迈不动了。他已经不再询问路人,因为他得到的都不是回答而是辱骂。小王子喃喃道:"垃圾院,就是这个名字,只要在力竭倒地之前找到这个地方,我就有救了——他的家里人会把我送回宫,会证明我不是什么乞丐，而是真正的王子。这样我就能回家了。"时不时地，小王子还会回想起基督堂前那帮粗鲁的孩子是怎么折腾他的。他说："等我当了国王，不光要给他们面包和住处，还得教他们念书。如果头脑和心灵得不到喂养，光吃饱肚子是没有意义的。我得牢牢记住这个教训，今天不能白白过去，百姓的苦难都是因此而起。只有读书才能感化人心，养育出温柔和慈悲。"

灯火次第亮了。雨来了，接着刮起了风。这将是一个凄风苦雨的夜晚。没有片瓦遮身的小王子、无家可归的英国王位继承人还在路上，正朝着迂曲的穷街烂巷、朝着贫穷与苦难的蚁穴深处走去。

突然，一个烂醉如泥的流氓抓住了小王子的脖领子。那人说："又混到大晚上的才回来，还没要到一分钱，我发誓，真是这样的话，不把你这小身板儿里每根骨头都打断，我就不叫约翰·坎提！"

小王子从他手里挣脱出来，还下意识地掸了掸被弄脏的肩膀，急切地说："你真是他的父亲？老天保佑！快去把他接走，让我回去吧！"

"他的父亲？我不知道你这话什么意思，我只知道我是你父亲，马上你就能明白为什么了——"

"天哪，别跟我开玩笑，别打岔，也别耽搁了！——我累坏了，还受了伤，实在是忍无可忍！带我去父王那里，他会给你做梦都想不到的赏赐。相信我，相信我！——我从不撒谎，只说实话！——

助我一臂之力吧！我真是威尔士亲王！"

男人瞪大眼睛，被小王子说蒙了。他看着那孩子摇了摇头，嘟囔着："真疯了，真成疯汤姆[1]了！"接着，他又揪住了小王子的脖领子，哑着嗓子一笑，骂道："不管疯没疯，我和坎提老太婆都会打断你每根骨头，不然我就算不上真汉子！"

说完这话，男人便把惊慌失措、拼命挣扎的王子拖走，消失在前方的小巷深处，一群快活的流浪汉则吵吵嚷嚷地跟在他们后头。

---

1. 疯汤姆：英国民间文学中的经典形象，指一个从伦敦精神病院放出来的疯乞丐，经常出现在十七世纪的匿名诗作中，莎士比亚的《李尔王》中也出现过他的身影。

第五章

汤姆成了贵族

汤姆·坎提独自留在了王子的私室里,他没有错过这个好机会。他在大镜子前左右扭着身子,欣赏着身上的华服,模仿王子高雅的姿态走了几步,边走边照镜子,看自己像不像。接着他拔出那柄漂亮的佩剑,先鞠躬、亲吻剑身,然后把剑横放在胸前。五六个星期前,有一位骑士把诺福克公爵和萨里伯爵押到了伦敦塔,[1] 转交给典狱长时,汤姆看到他就是这么行礼的。汤姆还把玩了腰间镶珠嵌玉的短刀,翻

---

1. 指发生于 1546 年 12 月 12 日的历史事件"诺福克公爵父子入狱",两人分别因包庇罪和叛国罪被监禁在伦敦塔。萨里伯爵于 1547 年 1 月 19 日被处决,其父诺福克公爵因爱德华六世"不流血的统治"而免于死刑。

看了屋子里精美昂贵的装饰品，试坐了每一把价值不菲的椅子。他想，要是能让垃圾院那帮孩子瞧上一眼他现在尊贵的模样，那该多得意呀。回家以后讲给他们听，他都不知道他们会不会相信这番奇遇。也许他们会摇着头说，汤姆成天做白日梦，脑子终于不正常了。

过了半小时，汤姆忽然意识到王子已经离开很久了。他一下觉得孤单起来，开始竖起耳朵盼着王子回来，也不玩屋子里那些漂亮的东西了。起初他只是有些不自在，后来变得坐立难安，最后真的着急了。假如有人过来，发现他穿着王子的衣服，又没有王子在旁边替他解释，他们肯定会立马把他吊死，具体的情况以后才会去查！他听人说过，大人物处理小事情都是这么雷厉风行的。汤姆越想越害怕，哆嗦着轻轻推开通往前厅的门，决心跑出去把王子找回来。只有王子能保护他，能放他走。就在这时，六个英俊的男仆和两个年轻的高等侍从——都穿得像花蝴蝶似的，马上跑了过来，在汤姆面前深鞠一躬。汤姆立刻退回去，砰地关上了门。他说："天哪，他们在笑话我！他们要去告发我了！唉！我放着自己的日子不过，上这儿干吗来了呀？"

汤姆来来回回地踱着步子，心中充满莫名的恐惧，一点儿风吹草动都会让他紧张不安。这时门开了，一个穿着丝绸制服的随从说："简·格蕾女爵驾到。"

门再次关上。一个穿着华丽的可爱小女孩蹦蹦跳跳地来到汤姆面前。突然，她停下脚步，担忧地问："殿下，您有什么烦心事吗？"

汤姆吓得都不敢喘气了，但还是结结巴巴地开了口："请您开恩！说实话，我不是殿下，而是可怜的汤姆·坎提，就住在城里的垃圾院。求您让我见见王子，殿下会把我的破衣服还给我，那样我就不会有事了。噢，求您了，救我一命吧！"

话说到这儿，男孩已经跪到了地上，不光嘴里说着求饶的话，眼神和高举的双手都表明着讨饶的态度。小女孩吓坏了，喊道："天哪，殿下，您怎么跪着？还是在跪我？！"

小女孩被汤姆吓跑了。这下汤姆彻底绝望了，他浑身瘫软，喃喃道："没救了，没希望了。他们要来把我带走了。"

就在汤姆害怕得瘫倒在地时，惊恐的浪潮也席卷了整个王宫。所有人都在窃窃私语——这种话总是只能小声说的——从仆人到仆人，从公爵到女爵，沿着长长的走廊，从一层楼传到另一层楼，一个厅传到另一个厅："王子疯了，王子发疯了！"一转眼的工夫，每间大厅和会客室里就出现了成群的雍容华贵的大臣和女士，以及不少衣着华丽的次等贵族。人们急切地低声议论着，每张脸都愁云密布，惶恐

不安。很快,一名气度不凡的官员朝着这些人阔步走来,庄严宣告:"国王陛下有旨!不可胡言,不可妄议,不可外传,违者格杀勿论!"

耳语声瞬间停息,好像一下子所有人都哑了。

过了一会儿,只听得走廊深处又传来人们的低语:"是王子!快看,王子来了!"

可怜的汤姆挪着沉重的步子,走过深深弯着腰的人们身前。他想回礼,但最后也只能瞪着一双迷茫的眼睛,可怜兮兮地看着身边这群陌生人。大臣们在汤姆两侧搀着他,帮他稳住步伐。御医和几个仆人跟在他们身后。

汤姆被领进宫中一个很气派的房间。他听到身后的门跟着关上了,一同来的人都站在他身旁。前方不远处,一个高大肥胖的男人正斜倚在榻上。他长着一张胖乎乎的大脸,表情严肃,大脑袋上的头发灰白,像个框一样把脸包住的胡子也是灰白的。男人的衣服一看就是上等货,但是不新,好几处有轻微的磨损。他的一条腿肿了,缠着绷带,下面垫着靠枕。屋子里鸦雀无声,除了那个男人,没有一个脑袋是抬着的,所有人都深深地弯着腰。这位板着脸的病人就是可怕的亨利八世[1]。他开口说话了,一说话,表情便跟着柔和起来:"怎么了,爱

---

1. 亨利八世(1491—1547):都铎王朝的第二位国王,因解散修道院而使英国王室的权力达到顶峰。

德华殿下，我的小王子？你不会是故意逗我吧？我可是你的父王，最爱你，最疼你，你怎么开这种玩笑呢？"

一开始，快晕过去的可怜汤姆还能强撑着听国王说话，可一听到"父王"二字，汤姆的脸唰地就白了。他就像挨了一枪似的，扑通一声跪到地上，高举双手开始讨饶："您就是国王？那我真是完蛋了！"

这话似乎把国王说蒙了。他茫然地扫视了一圈眼前的人，迷惑的视线最终落到了面前这个男孩身上。国王的语气带着深深的失望。"唉，我还以为是有人胡言乱语，看来是我想错了。"他长叹一声，接着温和地说，"到父亲这儿来，孩子，你病了。"

汤姆站起身，哆哆嗦嗦地走到国王面前。国王捧起他惊恐的小脸，充满爱意地仔细打量，似乎想寻找神志恢复的可喜信号。接着，他把这个卷毛脑袋搂到胸口，轻轻地拍了拍。国王说："孩子，你不认识自己的父亲了吗？别伤害老父亲的心，说你认得我吧。你是认得我的，对吗？"

"我认得。您是上天护佑的一国之君！"

"没错，没错，说得很好。放松，别抖得这么厉害，这儿没人会伤害你，都是爱你的人呀。现在好些了吗？噩梦过去了，是不是？知道自己是谁了，对吗？他们说你刚才自称是别人，别再那样了。"

"尊敬的国王陛下,求您相信我的话,我没撒谎。我真的是一个最普通的老百姓,生下来就是乞丐。我来到这儿完全是个误会,是个意外,可这事真不是我的错。我还小,还不想死,这全凭您的一句话了!说您不会让我死吧,陛下!"

"死?别说这种话,亲爱的王子——好吧,好吧,为了让你安静下来——你不会死!"

汤姆欢呼着跪倒在地:"上天保佑您的仁慈,国王陛下万岁,英国万岁!"接着他跳起来,对两位仆人快活地大喊:"你们都听到了!我不会死,国王发话了!"可所有人还是深深地低着头,谁也没动,更没人说话。汤姆有些不知所措,也有点儿糊涂了。他怯怯地问国王:"我可以走了吗?"

"走?当然,想走就走吧。不过为什么不多待一会儿呢?你要去哪里?"

汤姆眼睛看着地,诚惶诚恐地回答:"请原谅小民的冒昧,您刚才不是把我放了吗?我得回生我养我的那个悲惨小窝去呀。我的母亲和姐姐都住在那儿,对我来说那就是家。这里很豪华,但是不知道为什么,我很不习惯——噢,求您了,陛下,放我走吧!"

国王沉默了,表情越来越烦躁不安。过了好一阵子,他终于开口了,声音里带着几分希望:"说不定他只是这方面疯了,其他方面没受影响。上天保佑是这样!我们来考考他。"

国王用拉丁语问了汤姆一个问题,汤姆用蹩脚的拉丁语做出了回答。国王显得挺高兴,勋爵和御医也面露喜色。国王说:"虽然不及他平日在学校的表现，但也能说明他的脑子只是出了点儿小问题，他并不是完全神志不清。御医，你怎么看？"

御医深鞠一躬，回禀道："陛下所言极是，在下也是这么想的。"

来自权威人士的认同让国王心情大好，于是他又愉快地说："你们都听着，我还要考考他。"

他用法语问了汤姆一个问题。汤姆好一阵子没说话，那么多双眼睛盯着他，搞得他十分尴尬、窘迫。最后汤姆艰难地回答："回陛下的话，我不会说这门外语。"

榻上的国王顿时往后一仰，侍从们赶紧去扶，可国王把他们推开，说："别烦我——只是有点儿头晕罢了。扶我起来！行了，可以了。过来，孩子。好了，可怜孩子要是糊涂了，那就靠在父亲的心口，安安静静地休息一下吧。你很快就会好的，只是暂时妄想症发作。别怕，你很快就会好的。"接着，国王转向众人，脸上的温柔一下消失了，眼中闪起寒光。他说："听好了！我儿子疯了，但只是暂时的。这是过度学习导致的，加上在屋子里待久了。把书都清走，老师都请走！照我说的办。多运动会让他快活些，再安排一些有益身心健康的娱乐活动，那样他就能康复了。"国王撑着坐起来，加重了语气："他是疯了，但他仍是我的儿子，也是王位继承人。不管他疯没疯，他都将统治这片土地！你们听好了，记住了，妄议王子病情者，等同于扰乱国家秩序，要上绞架！……把喝的给我，我心口烧得难受，这伤心事真叫人精疲力竭……好了，把杯子拿走……扶着我。行了，可以了。他疯了是吧？就算他比现在疯上一千倍，他也还是威尔士亲王。我要以国王之名定下此事，明天就遵照传统仪式立他为王储。马上传令下去，赫特福勋爵[1]。"

一名贵族在国王榻前跪下，说："禀告陛下，世袭司礼大臣目前尚关押在伦敦塔内。让戴罪之人司礼恐怕……"

"住口！别让那可恨的名字脏了我的耳朵。怎么还没处死他？你们这是要违抗王命呀！王储迟迟不立，难道就因为本国没有一位能守得住荣誉、不犯叛国罪的司礼大臣吗？看在上天的分上，绝不行！警告议会，明天太阳升起之前，必须给我诺福克[2]的死刑判决书！否则有他们哭的时候！"

赫特福勋爵说："遵旨。"他起身退回原位。

老国王脸上的怒气渐渐退去，只听他说："亲我一下吧，小王子。对啦……你怎么那么害怕？我不是你亲爱的父亲吗？"

"尊贵的陛下，我知道，您对我太好了，我已经诚惶诚恐……可

---

1. 赫特福勋爵：爱德华·西摩伯爵（1500？—1552），是爱德华小王子的母亲简·西摩的哥哥。"勋爵"是对有爵位的贵族的统称（包括侯爵、伯爵、子爵和男爵），只有公爵不可以被称为勋爵。
2. 诺福克：这就是前面汤姆见过的，被押送到伦敦塔的那位诺福克公爵。见第32页注释1。

是——可是——一想到那人会死，我就忍不住想哭——"

"啊，这很像你说的话！我就知道。你虽然脑子糊涂了，可心没变，还是那么善良。那个公爵有碍你受封一事，我要找一个不会玷污这位置的人接替他。放松点儿，我的小王子，别为这事烦心。"

"可是陛下，难道不是我让他的死期提前了吗？如果不是因为我，他本来可以活多久？"

"别想他了，小王子，他不值得你这样记挂。再吻我一下，然后去吃点儿松饼，好好玩玩。这条腿弄得我很难受。我累了，要休息了。跟着赫特福舅舅他们回去吧，等我休息好了你再来。"

心情沉重的汤姆被带了出去。最后那句话对汤姆而言简直是致命的打击。他本以为他们已经同意让他走了，现在是彻底没有希望了。他又听到了一阵阵嗡嗡的低语："王子来了！"

衣着华丽的侍臣们站成两排深深地弯着腰，汤姆从他们中间走过，越走越郁闷。他意识到自己已经完全成了俘虏。除非上天开恩，否则他将永远被关在这个金笼子里，做一个没朋友的凄惨王子，再也别想出去。此外，不论汤姆走到哪里，仿佛都能看到空中飘着诺福克公爵被砍下的头。汤姆还记得他的模样。他那双眼睛，仿佛正充满怨恨地死死盯着汤姆。

他以前做的白日梦是那么美妙，可现实怎么会如此可怕呢！

第六章
汤姆接受指导

汤姆被大臣们带进正厅的一间豪华套房。他们请他坐下,可他不愿意,因为旁边那些位高权重的长辈都还站着。汤姆恳求他们也坐,可他们只是鞠躬或小声表示感谢,依旧站着不动。汤姆仍想坚持,"舅舅"赫特福勋爵在他耳边低声说:"您不用坚持如此,殿下,按规矩,您在的时候他们不能坐。"

有人宣告圣约翰勋爵求见。

圣约翰勋爵先是向汤姆鞠躬行礼,接着说:"微臣奉国王之命传达密令。殿下可否遣散无关人等,只留下赫特福勋爵大人?"

赫特福勋爵看出来汤姆不知道该怎么办,便悄悄告诉他挥挥手就行了,不到必要的时候用不着说话。侍从们退了下去。圣约翰勋爵说:"国王有令,因事关重大,王子殿下应尽力掩饰病症直至彻底痊愈。殿下不可向任何人否认自己的王子身份与英国王位继承人身份。殿下应维护王室威仪,接受致礼,循规蹈矩,万不可有抵触之言行。殿下不应再提底层出身、平民生活此类由于不健康的、过度的想象引发的妄想。举凡熟识之人,殿下应尽力记起,即使未遂,也应泰然处之,不可面露惊讶,以免病情暴露。举凡国务要事,若对应行之措或应答之言心怀忧虑,不可面露不安,以免旁人生疑,只需采纳赫特福勋爵或微臣的建议。我等愿尽职尽责,随候盼咐,直至陛下收回成命。陛下问候尊贵的王子殿下,祈盼上天垂怜庇护,保佑殿下早日康复。"

说完,圣约翰勋爵鞠躬行礼,退到一旁。汤姆无可奈何地答道:"我听命。我知道任何人都不能违抗或者轻慢国王的旨意,就算心里不愿意也不行。所以我会听命的。"

赫特福勋爵说:"国王有令,举凡书籍等劳心之事皆有碍殿下康复,殿下应消遣散心,以免赴宴时劳累,损害身体。"

汤姆又露出了疑惑的表情,当他看到圣约翰勋爵投来悲伤的眼神时,脸忽地涨红了。圣约翰勋爵说:"看来您还是没有恢复记忆,

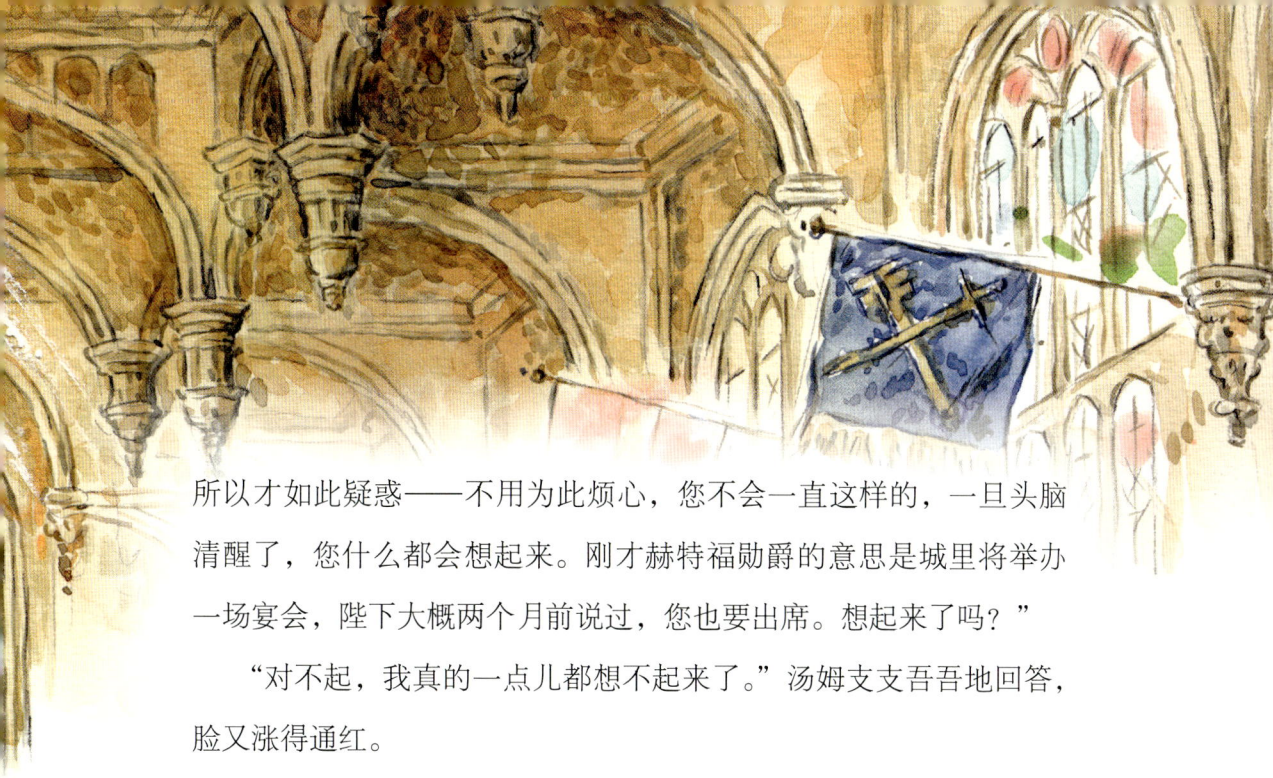

所以才如此疑惑——不用为此烦心，您不会一直这样的，一旦头脑清醒了，您什么都会想起来。刚才赫特福勋爵的意思是城里将举办一场宴会，陛下大概两个月前说过，您也要出席。想起来了吗？"

"对不起，我真的一点儿都想不起来了。"汤姆支支吾吾地回答，脸又涨得通红。

这时，有人宣告伊丽莎白公主和简·格蕾女爵求见。两位勋爵交换了一下眼神，赫特福勋爵马上走向门口迎接，与两个小女孩擦肩而过时，他低声说："在下恳求两位小姐忽视王子眼下的怪脾气，要是他记不起事，也请小姐们不要惊讶——很遗憾，你们会发现他几乎什么都想不起来了。"

同一时间，圣约翰勋爵则对汤姆耳语："殿下务必谨记国王陛下刚才的旨意。尽所能地回忆，或是假装什么都记得，别让小姐们察觉到您的变化。她们都是您的童年玩伴，您最清楚她们有多么脆弱。千万别伤了她们的心。我可以留下吗，殿下？——还有您的舅舅？"

汤姆挥了挥手，含含糊糊地表示同意。他已经开始学着用这一套应对了。单纯的汤姆下定决心要尽力遵守国王的命令。

尽管万般小心，这场年轻人之间的谈话仍然不时陷入尴尬。实际上，汤姆不止一次差点儿崩溃，打算承认自己根本当不了高贵的王子，幸好机敏的伊丽莎白公主给他解了围。两位警惕的勋爵也是轮番插话，虽然显得有点儿刻意，但终究也能把控住场面。有一回可爱的小女爵简提了个问题，叫汤姆犯了难："殿下今天给王后陛下问安了吗？"

汤姆一下卡壳了，显出惊慌失措的样子。眼看他支支吾吾地就要露馅儿，身经百战的老臣圣约翰勋爵自然而然地接过了话头，替汤姆答道："问过安了，小姐。说到国王陛下时，王后还安慰了王子殿下，说国王陛下一定能早日康复。是不是，殿下？"

汤姆含含糊糊地表示同意，感觉自己真是如履薄冰。后来他们聊到了汤姆现在用不着念书这件事，小女爵喊了起来："可惜，真的太可惜了！您本来念书念得那么好！不过，您要耐心等待，用不了多久，您就会像您父亲那样有学问，精通多种语言，我的好王子。"

"我的父亲！"汤姆一时间失了防备，忍不住高喊，"他连英语都说不利索，只有猪圈里的猪才听得懂他讲的话，更别提其他的——"

汤姆一抬头，正瞧见圣约翰勋爵用眼神投来严厉的警告。

他立即闭上嘴，红着脸，郁闷地低声说道："唉，我又发病了，脑子又糊涂了。我不是有意冒犯国王陛下。"

"我们明白的，殿下，"伊丽莎白公主双手拉起"弟弟"的手，既没有逾矩，也满含着对他的关心，"用不着为此烦恼。不是你的错,你只是病了。"

"亲爱的小姐,您真温柔,真会安慰人,"汤姆感激不已,"我真是打心眼儿里感谢您,这话您听了可别嫌我冒昧呀。"

有一回糊涂的小女爵简向汤姆"发射"了一句简单的希腊语。眼尖的伊丽莎白公主立刻从目标人物一脸茫然的表情上判断出他即将被"攻陷",于是从容不迫地代替汤姆用一串完美的希腊语接过话茬儿,作出了回应,然后立刻转移了话题。

总的来说,谈话进行得很愉快,也很顺利。"暗礁"和"沙洲"[1]出现得越来越少,汤姆也越来越放松。他发现她们都很关心他,都想着帮助他,而且一点儿也不计较他犯的错。得知小姐们会陪同自己出席市政厅的晚宴,汤姆如释重负,喜出望外。如果要待在一大群陌生人中间,有朋友陪着当然最好啦。然而,要是在一小时前,她们陪同出席这件事还会把汤姆吓坏呢。

汤姆的守护天使——两位勋爵在这次谈话中可不轻松。他们肩负着引导大船驶过危险河道的任务,必须始终保持警惕,一刻也不能放松。因此,当两位小姐的拜访接近尾声,古福特·达德利勋爵又来求见时,他们觉得自己筋疲力尽,根本没有精力把船开回去,再走一遍这令人心惊胆战的航程了。于是他们恭敬地建议汤姆告假,

---

1. 隐喻那些容易使汤姆暴露真实身份的话题。

汤姆自是求之不得。听见汤姆回绝了这名英俊青年的求见，小女爵简的脸上掠过了一丝失望的表情。[1]

这时所有人都不说话了，像是在等着什么。汤姆不明白是怎么回事。他瞥了一眼赫特福勋爵，对方向他使了个眼色，可汤姆还是没明白。机灵的伊丽莎白公主再一次解了围。她从容地鞠了一躬，然后说："王子殿下，我们是不是该告退了？"

汤姆说："小姐们想要什么只管吩咐，我愿尽绵薄之力满足你们的任何需要！但你们说要走，那简直等于把光明和祝福都一起带走。愿小姐们诸事顺遂，得上天护佑！"汤姆心中偷笑，暗想："这可不是我自己想出来的，是书里那些王子们说的。这些漂亮话我也多少会那么一两套！"

两位光彩照人的少女离开了。汤姆一脸疲惫地对他的监护人说："二位大人能不能恩准我去个没人的地方歇会儿？"

赫特福勋爵说："尊敬的殿下，您只管吩咐，我们只管听命。您现在确实需要稍作休息，因为很快您就要启程去城里了。"

赫特福勋爵按铃叫来一个仆人，吩咐他去把威廉姆·赫伯特大人叫来。那位大人马上就来了，把汤姆带进了一间私室。进去以后，汤姆第一件事就是想拿杯水喝，可一个穿着丝绒衣服的仆人抢先拿

---

1. 英俊青年古福特·达德利勋爵后来成了小女爵简的丈夫。

起了杯子,然后单膝下跪,用金色的托盘呈给了汤姆。

接着,这位疲惫的"小俘虏"坐下,想把鞋脱了。他怯怯地用眼神示意其他人走开,可又有一个穿着丝绒衣服、让人不自在的家伙在汤姆膝前跪下,帮他脱了鞋。汤姆又试了两三次,想自己干点儿什么,可每次仆人都抢在了前头。最后汤姆放弃了,他无奈地叹了口气,嘀咕着:"我的老天,他们干脆替我喘气算了!"换上便鞋和华丽的睡袍之后,汤姆终于可以躺下歇会儿了,但他实在是睡不着。他脑子里的事太多了,这屋里的人也太多了。他赶不走那些心事,也不知道怎么赶走这帮仆人,大家只好都留了下来。汤姆很无奈,其实仆人们也一样。

送走汤姆,屋子里便只剩下了两位尊贵的监护人。他们都陷入了沉思,期间不断摇着头,在房间里反复踱着步。圣约翰勋爵说:"说实话,你怎么想的?"

"要听实话吗?国王时日无多,我这个外甥又疯了——他将疯着登基,疯着治国了。现在的英国呀,只能靠上天的庇护了!"

"的确是这么回事,但是……你有没有疑心……"

说话的人有些迟疑,没再说下去了,显然,他感觉自己的处境有点儿困窘。赫特福勋爵定定地看着圣约翰勋爵的脸,然后说:"接着讲下去——这儿没有旁人。疑心什么?"

"我实在是非常不愿意说这话,再说勋爵您又是他的亲人,如有冒犯还请您谅解。不过,这疯病让他的言行举止全变了个样,您不觉得奇怪吗？虽然说话做事还有些王子的样儿，可是在一些微不足道的小细节上，他跟从前的王子完全不一样。这疯病把他记忆中自己父亲的家世出身完全改了个样，还抹去了从小熟记的礼节习惯，甚至让他把希腊语和法语忘了个精光，只记得拉丁语！这简直太奇怪了！勋爵，我无意冒犯，可有一件事叫我内心难安，要是能请您为我解惑，那真是感激不尽。他说自己不是王子，难道……"

"快别说了，勋爵，您这可是要犯叛国罪啊！难道您忘了国王的命令吗？要知道，我光是听都会变成您的共犯呀！"

圣约翰勋爵的脸一下就白了，他赶紧解释："我承认，是我弄错了。请您宽宏大量，千万别告发我，这事我以后不琢磨，也不提了。饶了我吧，大人，否则我就完蛋了。"

"这还差不多。今后不管是对我还是别的人，只要您不再出言不逊，今天这话我就当没听过。其实您用不着疑心。他是我妹妹的儿子，我看着他长大的，他的声音和模样我还不熟悉吗？他那些自相矛盾的表现都是疯病造成的，恐怕以后还会更离奇。您还记得马雷老男爵吗？他疯了以后连自己看了六十年的脸都认不得了，以为是别人的！不仅如此，他还宣称自己的母亲是抹大拉的马利亚[1]，自己的脑袋是西班牙玻璃做的，不许任何人碰，唯恐谁失手把他的脑袋打碎。您

---

1. 抹大拉的马利亚：《圣经》里忠实的女信徒。

别多想了,好勋爵,那就是我们的王子——我最熟悉他——不久他就该当国王了。也许您应该多想想这件事,别的就不要瞎想了。"

他们又聊了一会儿。圣约翰勋爵为挽回局面,反复好几次表示忠心,说再也不会瞎猜了。赫特福勋爵让这位监护人去休息,自己坐在门口守卫。很快,他也陷入了沉思。显然,他越想心里越乱,不久便来回踱起步子,嘴里咕哝着:"他肯定是王子呀!世上怎么会有两个人无亲无故,却长得一模一样呢?就算有,又怎么会正巧碰到一起?那不是更不可思议了吗?这是个傻念头,傻念头!"

接着他又说:"如果他是个冒牌货,那他要自称是王子才合情合理。可世上哪有这样的骗子?国王说他是王子,议会说他是王子,所有人都说他是王子,就他自己不承认,不愿意坐上这高位。这怎么可能!苍天在上,这绝不可能!他就是真正的王子,只是发疯了!"

第七章

汤姆初次用膳

下午一点多,无奈的汤姆因为晚宴前的更衣遭受了一场折磨。现在他穿得跟之前一样华丽,不过样式完全不同。从轮状皱领到长袜,每件衣服都换了。接着,他被郑重其事地领进一间豪华大厅,里头早就摆设好了一个人的用餐席位。这间屋里的家具都镶着大金块,样式十分精美,堪称无价之宝,因为它们都是传奇金匠本韦努托[1]的杰作。高等侍从们几乎站满了半个房间。一位牧师做了祷告。常年饥肠辘辘的汤姆刚想开动,一位伯克利伯爵便拦住他,为他系

---

1. 本韦努托:即本韦努托·切利尼(1500—1571),十五世纪著名的意大利金匠、雕塑家和作家。

上了一条餐巾。给威尔士亲王系餐巾这一伟大官职正是由这位贵族的家族世代继承。桌旁还站着汤姆的持杯人，每次汤姆想给自己斟酒，都会被他抢在前头。威尔士亲王的试吃官也在现场，只要王子一声令下，他就会冒着被毒死的危险试吃任何可疑的餐点。现在，试吃官只不过是个摆设，很少真正去履行职责。但在过去，也就在几代人之前，当试吃官的风险还是很大的，算不上什么令人称羡的职位。尊敬的首席侍从官达西勋爵也在场，天知道他负责些什么，反正站在那儿就行了。首席司膳官也在，就站在汤姆的椅子后头，负责监管这场庄重的仪式，指挥他的人则是大管家和首席主厨，他们就站在司膳官附近。除了这些，伺候汤姆的仆人还有三百八十四个。当然，这些人并不是全都待在屋子里，真正在场的只有不到四分之一，剩下的人，汤姆压根儿都不知道他们的存在。

就在一小时前，这里所有的人都接受了一场训话。他们得记住，虽然王子暂时神志失常，但是他们不能对他的怪异行为表现出诧异。所谓的"怪异行为"很快就出现了。人们心中只有惋惜和担心，并没有嘲笑。看到亲爱的王子病成这样，对所有人来说都是沉重的打击。

可怜的汤姆基本上是用手吃的饭，不过没人取笑他，他们甚至故意假装没看见一样。汤姆好奇地翻看着餐巾，很感兴趣，因为那面料特别讲究。只听他天真地说："请把这块布拿走吧，万一弄脏了可不

得了。"

世袭餐巾官郑重地拿走了餐巾,没有一点儿反对的意思。

汤姆又饶有兴致地看了看芜菁和生菜,问那是什么,能不能吃。当时英国刚开始种植这些蔬菜,此前它们可是荷兰进口的奢侈品。王子的问题得到了恭敬的回复,没人大惊小怪。吃完甜点,汤姆把口袋装满核桃。大家假装没看见,没有任何人皱一下眉头。可汤姆自己却皱起了眉头,心头升起一股不安,因为这是整个用餐过程中唯一一件他们允许他自己做的事情。显然,这事既不合礼节也不合身份。就在这时,汤姆的鼻子抽动起来,紧接着鼻头一翘,鼻根皱成一团。情况越来越糟,汤姆显得越来越难受。他用恳求的眼神轮番望向身边的勋爵们,眼里很快涌满了泪水。勋爵们神情紧张地围拢过来,想知道王子怎么了。汤姆痛苦难当地说:"求诸位大人原谅,我的鼻子实在痒得要命,遇到这种紧急情况,怎么做才是合礼节的呀?求求你们快点儿而告诉我吧,我真的忍不住了。"

谁也没笑,因为每个人都很困惑。他们互相看着,盼着有哪个人能站出来指点一二。但所有人都碰壁了,史书上从没说过这种事该如何处理。眼下司礼官不在,谁都不敢出征这片未知的海域,贸然地去解决这个严重的问题。呜呼!要是有世袭挠痒痒官该多好呀!就在这时,汤姆的眼泪已经决堤,沿着脸颊滚滚落下。他那抽搐的鼻子正急切地乞求着解脱。最终，自然天性冲破了礼节的藩篱。汤姆在心中祈祷：上天呀！弄错了可别怪我啊！然后自己把鼻子挠了一通。大臣们终于是松了一口气。

用膳完毕，一位勋爵为汤姆呈上了一只金碗，里面盛着有玫瑰香味的水。这是给汤姆洗手和漱口用的。世袭餐巾官在一旁捧着餐巾等候王子取用。汤姆疑惑地看了看金碗，接着把嘴凑过去，郑重地一口气喝了个精光。接着他对那位侍臣说："不行，大人，这个我不喜欢。闻着是挺香，但是喝着怪没劲的。"

神志失常的王子又出了新洋相，让他身边的人好不痛心。大家都很难过，没人笑话他。

接下来，汤姆又在无意中搞砸了一件事：牧师站到他的椅子背后，高举双手，抬头闭眼，刚要开始祷告，汤姆就站起来走了。大家只得假装没看到王子的古怪行为。在汤姆自己的要求下，咱们这位小朋友被领进了私室，终于能独自待会儿了。他看到橡木壁板上挂着一副闪闪发亮的钢盔铁甲，甲胄上镶着金，设计十分精美。这套甲胄属于真正的王子，是王后帕尔夫人最近的赠礼。于是汤姆套上护胫甲和铁护手，戴上羽冠，总之不需要别人帮忙就能穿上的部件他都穿上了。有那么一瞬间，他想叫人来帮他把整套都穿上。不过，他忽然想起了自己从餐桌上拿的核桃。一想到在无人围观的情况下吃核桃的快乐，以及没有尊贵的世袭官们在边上替他服务的自在，汤姆马上把那身漂亮的行头放回原位，砸起了核桃。自从上天为了惩罚他的罪孽，让他当了王子以来，这是汤姆头一次感到由衷的快乐。吃完坚果，汤姆在书架上找到了几本看着挺有意思的书，其中一本竟然是关于英国王室礼仪的。这可真是中了大奖。汤姆在豪华的沙发椅上坐下，诚心诚意地学了起来。

好了，有关他的事，咱们就先说到这儿吧。

第八章

事关国玺

下午五点多,亨利八世醒了。这个小觉睡得很不舒坦,他喃喃道:"噩梦,噩梦!这些不祥之兆,还有日渐微弱的脉搏都在告诉我,我已时日无多。"国王眼中突然闪过一丝邪恶的光,只听他咕哝着:"不过我可不能死在'他'前头。"

侍从见国王醒了,便问陛下是否愿意接见大法官,对方正在门外等候。

"快宣他进殿!"国王迫不及待地喊道。

大法官进来,在国王榻前跪下,禀报道:"我已遵照陛下的旨意,令议会诸臣着礼袍齐聚庭上,判处诺福克公爵死刑,恭听陛下的进一步旨意。"

国王眼睛一亮，显得十分激动。他说："扶我起来！我要亲自出席议会，亲手给判决书盖上国玺印，彻底摆脱那个……"

突然，他的声音停住，红晕瞬间褪去，脸色一下变得苍白。仆人们扶着国王重新靠到垫子上，急急忙忙地为他端上补药。国王悲伤地说："唉，这一刻我盼了多久呀！可它来得太晚了，这机会已从我手中生生被夺走。不过，你们得抓紧！既然我快不行了，这个美妙的差事就交给其他人办吧。把国玺交给议会，选一个能担责任的勋爵把这事给办了。快！明天太阳再次升起之前，务必把他的脑袋带回来让我过目。"

"谨遵圣意，还请陛下现在就下旨将国玺交给我，我马上办理。"

"什么？保管国玺的人不就是你吗？"

"陛下明鉴，两天前陛下将国玺拿走了，说要亲手给诺福克公爵的判决书加盖国玺印，在此之前不允许挪作他用。"

"啊，我确实拿了，我还记得……那我放到哪里去了？……我真是不行了，这些天老是记不住事……怪了，这可真是怪了……"

国王口齿不清地咕哝着，时不时颤颤巍巍地摸一把白胡子，试图回忆起国玺的去向。赫特福勋爵大着胆子跪下进谏道："陛下，请恕我冒昧。我记得陛下是将国玺交给了威尔士亲王保管，直到——"

"没错！就是那样！"国王打断赫特福勋爵，"去拿回来！快！时间不等人！"

赫特福勋爵赶紧去找汤姆，可很快又回来了，两手空空，满脸

焦急。他解释道："我实在不忍心让陛下承受如此沉重而悲伤的打击。但是天意使然，王子仍未痊愈，记不得拿过国玺这件事了。我还没去搜查王子殿下那一长列寝室与会客厅，唯恐浪费宝贵的时间，先赶紧回来向陛下禀报，毕竟太过兴师动众恐怕会……"

国王的呻吟声让勋爵止住了话头。沉默了一阵子，国王开口了，声音显得悲痛欲绝："别去烦他了，我可怜的孩子。上天的手正重重地压在我可爱的孩子身上，我同情他、爱他都来不及，只恨我这年老孱弱的肩膀不能替他扛起重担。不要去搜了。"

国王闭上眼睛咕哝着，渐渐没了声。过了一阵子，他再次睁开眼，茫然四顾，忽然看到了跪着的大法官。国王立刻气得满脸通红："你怎么还在这儿！看在上天的分上，再不去处理那个叛徒，明天你可就没有脑袋来戴你的官帽了！"

大法官哆哆嗦嗦地回答："陛下圣明，求您开恩！微臣只是在等国玺。"

"天哪，你是不是傻了？此前我出国时常带着的那枚小国玺不就在国库里吗？既然大国玺不翼而飞，拿小国玺不就行了？赶紧去！你听着——不带着那人的脑袋，就不许回来见我。"

可怜的大法官连滚带爬地逃出了这危险地带，委员会也马不停蹄地把国王的旨意传达给了唯命是从的议会，决定明天就将倒霉的英国贵族诺福克公爵斩首。

第九章

游河盛会

晚上九点，王宫外宽阔的河滨地带灯火辉煌。朝着伦敦城的方向极目远眺，泰晤士河的河面上挤满了船夫的小木船和游舫，每艘船都张灯结彩，随着浪涛轻轻晃动。河面犹如一座无边无际的花园，流光溢彩的花朵在其中盛放，被夏日的微风吹得款款而动。宏伟的石阶逐级向下，延伸至河面，阶面宽阔得足以容下一整支日耳曼公国的军队。眼下这里正热闹非凡：身着锃亮盔甲的王室戟兵一排排列队肃立，锦衣华服的侍从则成群结队地跑前跑后，为宴会前的准备工作奔波忙碌。

这时，随着一声号令，所有"活物"立即从台阶上消失不见了。气氛变得肃穆，所有人屏息以待。若是朝远方眺望，会看到船上的人都站了起来，他们手搭凉棚，挡住灯笼与火把刺眼的光亮，目不转睛地看着王宫的方向。

四五十艘王室驳船¹组成的纵队在石阶边靠了岸。每艘驳船都装饰得很隆重，高高翘起的船首与船尾都是精雕细刻。有的驳船挂着横旗与长幡，有的驳船挂着绣有纹章图样的织金布与挂毯，还有的驳船插满缀有无数小银铃的丝绸小旗，风一吹便激起阵阵悦耳的铃声。有几艘驳船装饰得尤为华丽，那是王子贴身侍从的船，船身围了一圈漂亮的盾牌，盾牌上都刻有醒目的纹章。每艘王室驳船都由一艘拖船牵引，拖船上除了划桨手，还配备了佩戴锃亮头盔胸甲的卫兵和一组乐师。

万众瞩目之下，游行的先头部队终于在王宫大门出现。那是一

---

1. 驳船：一种自身没有动力的平底船，需要借助拖船拖拉或者推船顶推前进。

队戟兵。他们身穿黑褐条纹的齐膝短裤，头戴侧边饰有银色玫瑰的天鹅绒软帽，身穿绛紫色间蓝色紧身短上衣——前后都用金线绣着三根羽毛，那正是代表王子的纹章。他们的戟杆用深红色天鹅绒裹住，由镀金圆钉固定，还装饰着金色的流苏。戟兵们排成两排，分别站在道路两侧，队伍从王宫大门一直延伸到河边。接着，身着红底金纹制服的王子侍从在两排戟兵中间的大道上铺展开一匹熠熠生辉的布，也就是地毯。地毯铺好后，宫门内便传来了嘹亮的号角声，河上的乐师随即开始演奏起活泼的序曲。只见两位手持白色杖棍的

传令官迈着庄重的步伐从宫门内缓缓走出。后面跟着的是手持公民权杖的官员与手持城邦之剑的官员；然后是数名都城守卫队中士，全部着正装，手臂佩有袖章；再之后出现的是高级纹章官，身着纹章袍；接着是巴斯骑士，每位骑士袖子上都缀有白丝带，侍从紧随其后；随后出场的是法官，身披猩红色法袍，头戴法帽；然后是英国上议院大法官，敞开的猩红色法袍上镶着白色毛边；紧接着是市政官代表，披着猩红色斗篷，后面跟着各民间机构代表，都身着礼袍。紧随其后走来的是十二名法国绅士，服装华丽烦冗——白底金纹的绸缎马甲、镶着紫色塔夫绸里子的深红色天鹅绒短斗篷、淡红色的马裤，他们是法国大使的随侍；随后而来的是十二名西班牙大使的贴身护卫，都穿着黑色天鹅绒服装，没有任何多余的装饰；在他们身后是几名英国贵族及其随从。

这时，宫门内再次响起了嘹亮的号角声。王子的舅舅，未来的萨默塞特公爵走出了大门。他身穿黑底织金短上衣，外披绣有金花、银色网纹镶边的猩红色绸缎斗篷。只见他转过身，脱下有大翎毛的软帽，深鞠一躬，接着便开始后退，每退一步鞠一次躬。格外悠长的号角声响起，有声音传来宣告："至高无上的威尔士亲王，爱德华殿下驾到！"于是，随着一声巨响，高高的宫墙上方蹿出了一长排五彩斑斓的烟花。霎时间，河面欢声雷动。汤姆·坎提，这一切喧闹场面的主角出现了，他正颇有王子风范地朝着人们微微颔首。

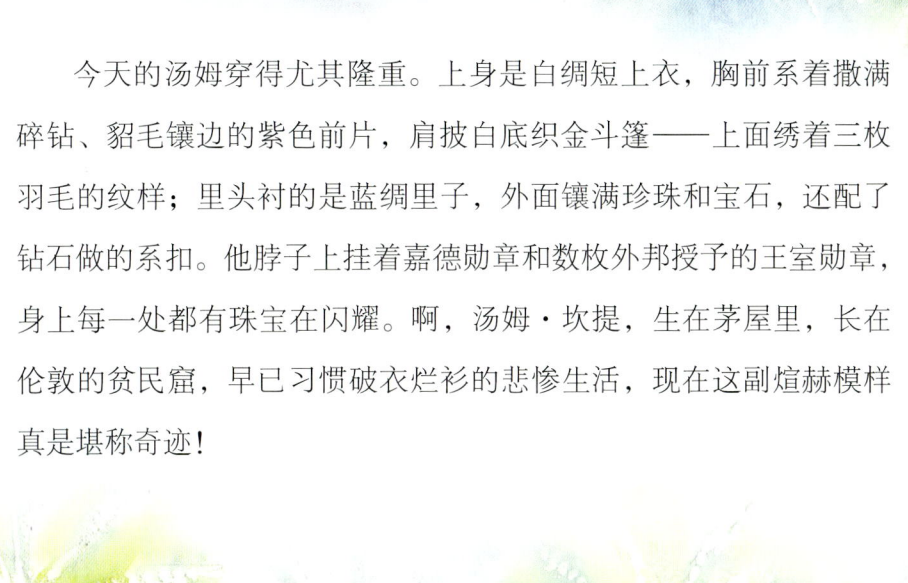

今天的汤姆穿得尤其隆重。上身是白绸短上衣,胸前系着撒满碎钻、貂毛镶边的紫色前片,肩披白底织金斗篷——上面绣着三枚羽毛的纹样;里头衬的是蓝绸里子,外面镶满珍珠和宝石,还配了钻石做的系扣。他脖子上挂着嘉德勋章和数枚外邦授予的王室勋章,身上每一处都有珠宝在闪耀。啊,汤姆·坎提,生在茅屋里,长在伦敦的贫民窟,早已习惯破衣烂衫的悲惨生活,现在这副煊赫模样真是堪称奇迹!

第十章

受困的王子

前面我们说到约翰·坎提把真正的王子拖进了垃圾院,后头还跟着一群起哄看热闹的闲汉。他们中只有一个在替这个"小俘虏"求情,只不过无人理会,甚至根本没人听到他说话,因为哄闹声实在是太大了。小王子拼命地挣扎,不断抵抗着落到身上的拳脚。约翰·坎提终于失去了本就不多的耐心,一怒之下高举木棍,准备砸向小王子的头。就在这时,唯一帮孩子求情的那个人跑上前拉住了他,结果约翰的棍子砸到了自己的手腕。他咆哮起来:"瞎管闲事,是不是?赏你这个!"

棍子落到了管闲事的人的脑袋上。只听得一声呻吟,一副瘦弱的身躯瘫倒在了人们的脚边,转眼间便被撇下,孤零零地留在了黑夜里。这群人继续往前走,这个小插曲一点儿也没有影响他们的兴致。

没过多久,小王子发现自己已经来到了约翰·坎提的住处。约翰关上了门,把其他人挡在外头。屋里有一根塞在瓶子里的油脂蜡烛。借着它微弱的光,小王子辨认出了这个肮脏的狗窝的大致轮廓,也看清了里头住着的人。两个邋遢的女孩和一个中年妇女缩在墙角,像经常受虐待的动物那样一脸的惊恐。一个干瘪的老太婆从屋子另一头悄无声息地走了过来。她披散着白发,眼神很凶恶。约翰·坎提对那老太婆说:"先别急!今天有一出好戏。好好看看,等他演完,之后你想怎么处置就怎么处置。过来,小子,把刚才的蠢话再说一遍,还没忘吧?说出你的名字,你是谁?"

小王子又一次因受辱而涨红了脸,他愤慨地瞪着那男人:"好没教养,竟敢命令我。我现在告诉你们,正如之前所说,我是威尔士亲王爱德华。"

这出人意料的回答把老太婆惊得身子一僵,差点儿背过气去。她目不转睛地瞪着小王子,那副蠢样逗得她粗野的儿子哈哈大笑。可汤姆·坎提的母亲和姐姐听到这话的反应却完全不一样。她们脸上对皮肉之苦的恐惧立即变成了悲伤。她们慌慌张张地围到汤姆身边,难过地喊着:"噢,可怜的汤姆,可怜的孩子!"

汤姆的母亲在小王子面前跪下,摸着他的肩膀,急切地盯着他的脸,眼眶里盈满泪水。她说:"噢,可怜的孩子!读那些蠢书真把你读坏了、读傻了。唉！叫你别读书，你怎么不听劝呀！真是叫人伤心透了。"

小王子看着她，温柔地说："好夫人，你的儿子很好，没变傻。别着急，他就在宫里，只要送我回去，父王马上就能把他送回你身边。"

"父王！哦，孩子！快别说了！这些话会害死你，还会连累我们。别做这可怕的梦了，行吗？赶紧恢复正常吧。看着我！我可是生你、养你、爱你的母亲呀！"

小王子摇摇头，一脸不情愿地说："上天知道我有多么不愿伤你的心，可我确实没见过你呀。"

女人一屁股坐在地上，捂着脸伤心欲绝地哭了起来。

"接着演！"约翰·坎提吼道，"来呀，楠！贝特！你们这些没礼数的！还不过来跟王子请安？赶紧跪下，你们这些脏乞丐，行礼啊！"

约翰·坎提像马一样大笑起来。姑娘们战战兢兢地为弟弟求情。楠说:"让他睡觉去吧,父亲,躺下睡会儿,他的疯病就能好了。求您了。"

"是啊,父亲,"贝特说,"他是累过头了。明天他就会恢复正常,出去好好讨饭的,不会再空着手回家了。"

这话倒是提醒了这位乐不可支的父亲,叫他想起了正事。他暴躁地冲小王子吼了起来:"明天我们就得给这猪窝的主子交两便士¹的租金,听好了,两便士!那可是半年的租金,交不出来就得滚蛋。你这个懒乞丐今天讨了多少钱回来?"

小王子说:"少用污言秽语来冒犯。我再说一遍,我是国王的儿子。"

---

1. 便士:英国货币单位。

小王子的肩膀立刻挨了一记重击，约翰·坎提这一巴掌把他打得前仰后合，倒在了坎提太太怀里。坎提太太把他紧紧搂在胸前，用自己的身体挡住了雨点般落下的拳头和巴掌。姑娘们惊恐地缩回墙角，奶奶则迫不及待地上前给儿子帮忙。小王子推开坎提太太，高喊道："夫人，你不该为我挨打。你们两个坏蛋，有什么就冲着我来吧！"

这话可把两个坏蛋彻底激怒了。他们一秒钟也没耽搁，立刻动起了手，一起把这孩子结结实实地教训了一顿，然后把姑娘们和她们的母亲也给打了，因为她们对王子表示了同情。

"行了，"约翰·坎提说，"都去睡觉。我累了。"

蜡烛吹熄，全家躺下。很快，男主人和他的母亲便打起了呼噜。他们睡着了。姑娘们赶紧悄悄爬到小王子躺的地方，细心地为他盖上稻草和破布，免得他受凉。他们的母亲也爬了过来，抚摸着小王子的头发，流着眼泪，在他耳边断断续续悄声说了好一阵子安慰的话。她还给男孩留了些吃的，可疼痛让他完全没有胃口，至少不想吃这些淡而无味的黑面包屑。小王子很感动。这位母亲勇敢地保护了他，并且付出了惨重的代价，现在还来给他安慰。他用很有王子风范的高雅口吻表示了感谢，劝她放下烦恼，赶紧睡觉。他还补充说，父王一定会对她的忠诚和善良大加赏赐。眼看儿子又开始说疯话，这位母亲的心又碎了。她紧紧地抱了王子几下，便泪流满面地躺回了自己床上。

女人躺在床上越想越难过。渐渐地，一个念头悄悄地在她脑海里浮现。不管疯没疯,这孩子身上肯定有些汤姆·坎提没有的特点。她说不出具体是什么,也没法准确地描述,但是身为母亲,她就是有这样的直觉。万一这孩子真不是她儿子呢?唉,太荒唐了!尽管仍在发愁,她还是差点儿被自己这个念头逗笑。荒唐是荒唐,可这念头却挥之不去,始终萦绕在心里,追着她、扰着她、盯着她,叫她放不下也忘不掉。女人明白,要想获得安宁,她必须想出一个法子来完全地、确凿地证明这孩子就是她儿子,只有这样才能将她心中的疑虑彻底驱散。对,没错,这是解决眼下困境唯一的办法。女人立即开始琢磨,该怎么证明呢?她实际思考起来才发现这事并不容易。她想了好几种方法,但是都被自己推翻了,它们都不能完美地证明,可凑合了事又不能让她满意。再想下去好像也是白费力气,要不还是算了吧。女人刚想打退堂鼓,忽然听到小男孩发出了规律的呼吸声。孩子睡着了。女人竖起耳朵听着,忽然,那规律的呼吸被一声轻叫打乱了,就是人做噩梦的时候常常会发出的那种梦呓。这个意外的插曲让女人灵光一闪。对啦,这个法子可比之前冥思苦想的所有法子都靠谱。她迫不及待地爬起来,悄悄点上蜡烛,咕哝道:"只要瞧瞧那个反应就能明白了!这孩子小的时候,有一回火药在他脸面前爆炸了。从那以后,只要是从梦中惊醒,或者想事情的时候被人吓着,他都会像那天一样用手遮住眼睛。只不过他那个动作跟别人不一样,不是掌心朝里,而是掌心朝外——那模样我见过

上百次，从没变过，回回如此。没错，我马上就能搞明白了！"

女人悄悄来到熟睡孩子的身旁，一手举着蜡烛，一手挡住蜡烛的光。她小心翼翼地俯下身，按捺住激动的心情，屏住呼吸，猛地用烛火照亮孩子的脸，同时在他耳边用指节叩响地板。熟睡的孩子立即睁开眼睛，惊恐地四下张望，可他的手并没有做出特别的动作。

可怜的女人既惊讶又悲伤，一时间差点儿跌倒在地。她强压住内心的波动，把孩子再次哄睡，接着悄悄离开。她痛苦地回想着这个可怕的试验结果，试图解释是疯病让汤姆忘记了这个习惯，可她没法说服自己。"不是的，"她说，"他的手又没疯，人不会这么快就改变跟了那么久的习惯。噢，今天真是个可怕的日子！"

就像刚才的疑虑挥之不去，现在女人怀着的希望也不会轻易消散。她不能接受这样的试验结果，必须再试一次——刚才的失败肯定只是巧合。于是，女人第二次，接着又第三次地把男孩吓醒，可每次的结果都跟第一次一样。最后，女人拖着沉重的步子回到床边，满心忧愁地躺了下来。她说："可我不能放弃他，不行，不能放弃——他绝对是我的孩子！"

虽然如此，可怜的母亲，她那纷乱的思绪还是逐渐平息了。身体的疼痛带来的折磨也慢慢离小王子远去，筋疲力尽的他终于进入了深睡。就这样他沉沉地睡了好几个小时，直到四五个小时后，才从昏睡中逐渐苏醒。半梦半醒间，小王子咕哝着："威廉姆大人！"

过了一会儿又说:"威廉姆·赫伯特大人!快过来,听我说说这怪梦……威廉姆大人!没听到我叫你吗?天哪,我刚才好像变成了乞丐,而且……嘿!卫兵!威廉姆大人!这是怎么了!怎么一个内务官都不在?哎呀!这可难办了——"

"你在做什么?"小王子身旁传来一声低语,"你喊谁呢?"

"威廉姆·赫伯特大人呀。你是哪位?"

"我?还能是谁,你姐姐楠呀。哦,汤姆,我都忘了!你还疯着呢。可怜的孩子,怎么还疯着呀。早知道这样我宁可不要醒来!不过求你管好你的嘴,否则我们都会被打死的!"

惊恐的小王子一下坐了起来,身上的淤青带来一阵剧痛,让他彻底清醒了。他发出一声痛苦的呻吟,一头倒回臭稻草堆上,大喊道:"天哪!这不是做梦!"

转眼间,睡梦中忘却的痛苦卷土重来。爱德华意识到自己不再是宫中备受宠爱、深受仰慕的王子,而是成了一个乞丐,一个流浪汉——穿着破衣烂衫,困在牲畜住的窝里,跟乞丐和小偷为伍。

小王子正沉浸在悲伤之中，忽然传来了一阵吵闹声，似乎跟他就隔着一两栋楼。接着，刺耳的敲门声响起。约翰·坎提止住鼾声，问道："谁在敲门？想干吗？"

有人答道："知道昨天用棍子打了谁吗？"

"不知道。也懒得管！"

"还嘴硬啊。想保住脑袋，就赶紧逃命吧。那人现在就要断气啦，他就是咱这儿的安德鲁神父！"

"我的个老天！"约翰·坎提一声大叫，把全家都喊醒了。他哑着嗓子下了命令："赶紧起床逃跑！再待在这儿就完蛋了！"

不到五分钟，坎提一家就跑到了街上，准备逃走。约翰·坎提抓着小王子的手，催着他在黑乎乎的巷子里逃跑，还低声警告他："管住你的嘴，臭疯子，不许说出我们的名字。我会给自己取个新名字，马上就办，这样，法院那帮走狗就寻不着我了。我警告你，管好你的嘴！"

他又对家里其他人咆哮道:"万一跑散了,就去伦敦大桥那儿会合。谁先到桥上最后头那家亚麻布店,谁就在那儿等其他人来,然后我们一起逃去南华克。"

就在这时,他们突然跑出暗巷,来到了光亮的地方。这里不仅亮,还到处都是聚在桥头唱歌跳舞的狂欢者。放眼望去,泰晤士河沿岸那一长排篝火正在熊熊燃烧。伦敦大桥灯火通明,南华克桥也一样。河面流光溢彩,空中不时有烟花盛放,斑斓的色彩看得人眼花缭乱,密雨般的火花使得黑夜如同白昼。到处都是在饮酒作乐的人,整个伦敦似乎都在狂欢。

约翰·坎提心中暗骂,叫大家后退。可为时已晚,汹涌而来的人潮瞬间便把约翰·坎提和他的家人吞噬,一下就把他们挤散了。这里说的"家人"当然不包括小王子,因为约翰·坎提还攥着他的手。小王子察觉到有逃跑的希望,一颗心不由得激动得怦怦直跳。就在这时,一个身材魁梧的船夫挡住了他们的去路,那人显然已经喝得烂醉。约翰·坎提想挤出去,便狠狠地推了那人一把,而船夫的大手立即按住了约翰·坎提的肩膀:"嘿,哥们儿,急什么呀?最忠厚老实的家伙都放大假了,还有什么事值得你这么操心的?"

"我忙我的,关你什么事,"约翰·坎提粗鲁地回答,"把手拿开,让我过去。"

"玩笑以后再开,告诉你吧,不为威尔士亲王喝上一杯,你可不能走。"船夫把路挡得更严实了。

"那就把杯子拿过来,快点儿,快!"

其他的狂欢者一下就围了过来,个个都在喊:"拿共饮杯,拿共饮杯!让这个臭无赖喝共饮杯,否则就丢他去喂鱼。"

一只巨型共饮杯递了过来。船夫一只手握住一边的把手,另一只手假装捏着餐巾;约翰·坎提只好抓住另一边把手,另一只手去揭共饮杯的盖子。这是用共饮杯喝酒的古老礼仪。就这样,小王子的手被松开了几秒钟。他一秒也没有浪费,转头就扎进了面前的"人腿森林"里。一眨眼的工夫,他便像一枚掉进大西洋的小硬币,完全消失在这片翻腾的人海之中。

不久,小王子就明白自己已经成功脱逃,于是不再担心约翰·坎提,而是琢磨起了自己的麻烦。他很快又明白了一件事:如此想来,肯定是有一位假冒的王子代替他出席了宴会。小王子认定,那个小乞丐汤姆·坎提肯定是有意利用了这个千载难逢的机会,成了篡位者。

那么说,现在只有一条路可走——那就是前往市政厅,表明自己的身份,揭穿冒牌货。小王子还想好了,他会给汤姆留点儿时间做心理准备,然后,他就要判他死刑,五马分尸!按照法律,当时犯叛国罪的人就得接受这样的刑罚。

第十一章

来到市政厅

在规模盛大的舰队的护送下，王室驳船穿过无数灯火斑斓的小船，沿着泰晤士河庄严前行。鼓乐喧天，跃动的火光如同花边点缀着大河两岸。远处的伦敦城笼罩在柔光之中，城里数不清的火光跳动着。城市上空显现出高塔细长的尖顶，它们也被跳跃的火光包裹，远远望去宛如一支支镶珠嵌玉的长矛，笔直地刺入云霄。王室驳船驶过之处，河岸两侧欢呼喝彩不绝，礼炮声与火光不断。

汤姆·坎提正半靠在一堆丝质靠枕中。耳边的声音，眼前的景象，都令他目瞪口呆，叹为观止。不过对坐在他旁边的两位小朋友伊丽莎白公主和简·格蕾女爵来说，这根本不足为奇。

皇家舰队抵达陶氏门后,便被拖引进了清澈的沃尔溪(这条支流现在已被数英亩建筑覆盖了两世纪之久),往北去到巴克勒斯伯里。沿途经过的住家和桥底都挤满了欢乐的人群,处处张灯结彩。最后,舰队在现今的驳船港所在地靠了岸,那里是伦敦旧城的中心。汤姆下了船,率领着盛大的游行队伍穿过齐普赛街,经过短短的老犹太街和佩星堂道,终于来到了市政厅。

市长与参事们戴着金链,穿着红袍,用郑重的礼节迎接汤姆和两位小姐。传令官开道,权杖与城邦之剑引路,汤姆一行人被带到了正厅上首的华盖下就座,男女侍从则在他们座位后方候立。

宫里的大臣与其他贵宾在次席纷纷落座,同桌的还有城邦各业界的巨头。庶民代表有好几桌,都设在正厅中间。伦敦城古老的守

护者，巨人歌革和玛各从高高的天顶俯瞰着底下这番盛景。在数不清的年月里，他们对此早已见惯不惊。这时号角声起，随着一声令下，一位胖乎乎的司膳总管出现在左翼的高廊，几名侍从紧随其后，郑重其事地端着一大盘顶级肋脊牛肉，热气腾腾，随时准备切下来供人享用。

饭前祷告结束后，汤姆（被授意）起身，所有人也跟着站了起来，和伊丽莎白公主一起拿起硕大的金色共饮杯，喝了一口。接着，公主将共饮杯递给简女爵，然后就这样在全体宾客间依次传递。宴席正式拉开了帷幕。

午夜时分，这场宴飨(xiǎng)达到了高潮，那盛大的场面至今仍被人们津津乐道，我们能在史书中找到当年的亲历者措辞优雅的记载：

大厅中央腾出空地,一名男爵与一名伯爵首先入场。他们身着土耳其式织锦洒金长袍,头戴猩红色天鹅绒帽,帽子滚着粗大的金边,腰挂两柄短刀——那叫土耳其弯刀,插在宽宽的金色挎带上。又有一名男爵与一名伯爵入场。他们身穿带白缎条纹的黄缎长袍,每条白缎又镶有红缎,头戴灰色毛皮帽,手持短柄小斧,靴子都带上翘的尖头(尖头伸出去足有一英尺[1]长)。那是沙俄的服装样式。其后入场的是一名骑士。接着是海军大臣,率领着五名贵族,都穿着猩红色天鹅绒短上衣,前后领口低至锁骨,胸前是银链饰带,外披猩红色绸缎短斗篷,头戴插有野鸡翎毛的舞者帽。那是普鲁士人的着装。随后约一百名火炬手入场,穿着红绿锦衣,模仿摩尔人涂黑了面孔。之后哑剧表演艺人入场,化装歌手个个浓妆艳抹,手舞足蹈。王公小姐们也随之欢快起舞,那场面着实赏心悦目。

汤姆坐在高台上,目不转睛地看着这场"狂欢"。底下身着锦衣华服的人们旋转起舞,就像万花筒一样色彩缤纷,看得汤姆眼花缭乱,忘乎所以。但是就在这同一时刻,破衣烂衫的正牌威尔士亲王却在市政厅门口极力申辩,指控有人冒名顶替,强烈要求放自己进

---

[1] 英尺:英制长度单位,1英尺约等于30厘米。

去。老百姓最爱看热闹，一下就把威尔士亲王围了个密不透风。他们个个伸长脖子，都想看清楚是什么样的小子在胡闹。很快，嘲笑和讥讽便开始了，还有人故意煽风点火，恨不得闹得更凶些才好。小王子眼中涌出了屈辱的泪水，但他并没有退却，仍然凭着一腔身为王室成员的气魄跟众人对峙。嘲弄与讥笑又一次扑面而来，小王子十分愤怒，不由得高喊："可恶刁民，我再说一遍，我就是威尔士亲王！就算我现在无亲无故，无依无靠，我也绝不能在自己的地盘上被驱逐出去，我必须留下！"

"不管是不是王子，你都是个有胆量的家伙！如今你有朋友了！我现在就要站到你身边！告诉你吧，你就是打着灯笼到处找，也找不到像我迈尔斯·亨顿[1]这么值得交的朋友啦。把你的小嘴巴闭上吧，孩子，对这帮阴沟里的老鼠，我可是了如指掌！"

说话的这个人不论穿着、模样还是派头都很像唐·西萨[2]。他个头很高，身材匀称，肌肉发达。他穿的短上衣和马裤面料都很高级，但都褪色开线了，上头的金色饰带也失去了光泽。他的皱领乱糟糟的，还破了；扁塌塌的帽子上插着的翎毛也残缺不全，显得又脏又旧；腰间佩着的长剑插在锈迹斑斑的剑鞘里。他这副打扮，加

---

1. 本书中的迈尔斯、亨顿皆为同一人，指迈尔斯·亨顿。
2. 唐·西萨：法国音乐家马斯内于1844年创作的歌剧《唐·西萨》中的主人公，是一位落魄的西班牙贵族。

上大言不惭的派头，一看就是贼窝里专门假扮受伤士兵骗钱的家伙。这么一位人物讲出这样一番话，收获的当然是哄堂大笑。有人喊："又来了个微服私访的王子！""别乱说话，朋友，他可是个危险人物！""嘿，还真是，瞧他那样！""把那小子从他身边带走！带去饮马池！拿上棒子！"

话音刚落，立即就有一只手搭上了小王子的肩膀。不过下一秒，那个名叫迈尔斯·亨顿的陌生人的长剑也出了鞘。他翻平剑身狠狠一拍，那个伸出手多管闲事的家伙一下就被拍到了地上。好几个人顿时被激怒了："杀了这条狗！杀了他！杀了他！"他们把这位勇士团团围住。他则背靠着墙，疯狂地挥舞起了长剑。众人被打得东倒西歪，可怒气分毫未减。他们接着从倒下的人身边继续往前冲，一波又一波地扑到对手身上。这位勇士渐渐招架不住，眼看败局已定。突然，号角声起，有人高喊："国王信使驾到！"只见一队骑兵朝着众人疾驰而来，人们慌忙躲避，顿时溃不成军。勇敢的陌生人趁乱抱起小王子往远处逃去，算是脱离了险境。

现在让我们回市政厅看看。响亮的号角声打断了宴席的欢腾和喧闹，整个大厅立刻安静下来，甚至可以说是鸦雀无声。只有一个人在说话，就是那位宫廷信使。他在宣读公告，所有人都肃立倾听。

这份庄严公告的最后一句是："陛下驾崩！"

众人齐齐垂下头默哀，接着，人们又齐齐跪到地上，两手伸向

汤姆,高喊声几乎要把屋顶掀翻:"国王万岁!"

可怜的汤姆被这不可思议的景象吓呆了。他惊慌失措地到处张望,一会儿茫然地看看跪在身边的公主,一会儿又看看赫特福勋爵。忽然,他好像明白过来了。他凑到勋爵耳旁低声说:"凭着你的忠诚与名誉起誓,请一定要诚实地回答我!现在我下的命令,是不是就是国王才有资格下的命令?你们会听我的吗?是不是没人能反对?"

"本国之内,无人可反对,陛下。您手握英国君权,您是国王,您的话就是法律。"

于是,汤姆语气坚决,心情迫切,同时非常激动地宣布:"那么,我要让国王的法律成为仁慈的法律!从今天开始,再也不许见血!你赶紧启程去伦敦塔!就说国王免了诺福克公爵的死罪!"

近处的人听了这话便往后头传,很快所有在场的人都知道了。就在赫特福勋爵匆忙离开之际,大厅里再次掀起声浪:"血腥的统治结束了!爱德华万岁!国王万岁!"

第十二章

王子与救星

迈尔斯·亨顿带着小王子离开那伙暴民，穿过背街的小巷朝河边跑去。他们一路畅行无阻，一直跑到伦敦大桥，再次汇入了人群。亨顿紧紧抓着王子的手腕——不，其实现在的他已经是国王了。那个重磅消息已经在民间传开，男孩听到上千个人在说："国王驾崩了！"这话重重地敲在可怜的"小流浪儿"的心上，叫他全身发冷。意识到自己失去亲人了，男孩不由得悲从中来。国王虽然是别人眼中可怕的暴君，但是对他却始终那么温柔。小王子眼中涌出的泪水模糊了视线。转眼间，他已经成为世间最孤单无依的人了！就在这时，远方再次传来雷鸣般的呼喊，似乎连夜空都为之震颤："爱德华六世国王万岁！"男孩的眼睛一下亮了，骄傲的感觉一直传到指尖。

"啊,"他想,"多么伟大而奇异的感觉——我当国王了!"

现在咱们这两位朋友正在伦敦大桥上的人群中缓慢穿行。这座大桥已经矗立了六百年,一直是人来人往、热闹非凡的主干道。这座桥很有意思。举目望去,两边挤挤挨挨的全是店铺,铺子上头就是住家,简直就像一个城镇。桥上有旅馆、啤酒屋、面包房、裁缝店、菜市场,有各色各样的作坊,甚至还有教堂。对住在伦敦大桥上的人来说,大桥连接的两个地区——伦敦与南华克,顶多算是城郊,并没有什么了不起。大桥自成一格,可以视作只有一条五分之一英里¹长的街道的狭

---

1. 英里:英制长度单位,1 英里约等于 1.6 公里。此大桥长约 300 米。

长小镇,桥上的人口也和一个村庄的规模相当。桥上的居民都是老熟人,从父母那辈就认识,对彼此的家务事也都知根知底。当然,这些人中也有他们所谓的"贵族",就是那些老字号的屠户、面包师傅什么的。这些老店已经开了五六百年,他们对大桥的伟

大历史和传闻逸事如数家珍。这帮人聊的全是大桥，想的也全是大桥，就连说起瞎话来也跟大桥似的，那么冗长、平坦、直接、实在。他们都是那么狭隘无知、自以为是。孩子们在桥上出生，在桥上长大、变老，到死都待在这伦敦大桥上，不往其他地方踏上一步。这样的人当然会认为这世上最重要的就是大桥上日夜涌动的无尽人潮，是那嘈杂的吼叫声、马蹄的嗒嗒声、牛羊的叫声和隆隆的脚步声……而他们自己则坐拥这份宝藏。事实的确如此，他们的窗户为他们提供了享受这项殊荣的机会。但凡国王巡游或英雄凯旋，率领着盛大的队伍经过时，除了他们的窗子，还有哪儿能这样毫无遮挡、一眼望到头地观赏那幅盛景？

在大桥上出生、长大的人都认为其他地方的生活是无聊而愚蠢的。据说有一个人曾经在七十一岁那年离开大桥，住到乡下去了。可夜里他总是辗转难眠，四周太安静了，他因此感到痛苦不堪，抑郁难挨。最后这人被折磨得形销骨立，再也无法忍受，最终又回到了大桥上。波浪声和桥上的嘈杂声如同摇篮曲，让他再次获得安宁，找回甜甜的睡眠。

亨顿的住处正是这大桥上的一座小旅馆。他刚领着他的小朋友走到门口，就听见一个粗哑的声音说道："你总算来了！我告诉你，再也别想逃了。我非得把你打成肉酱不可，叫你长长记性，下次看你还敢叫我们白白等你。"说着话，约翰·坎提就伸出手要抓那孩子。

迈尔斯·亨顿挡在前头："别急，朋友，用不着动粗。这孩子是你什么人？"

"少管闲事，他是我儿子。"

"他撒谎！"小国王愤怒地喊着。

"有胆量！不管你这个小脑瓜有没有发疯，我都相信你的话。孩子，且不论这个凶神恶煞的人是不是你父亲，我只知道他刚才威胁说要打你，所以你还是跟我待在一起比较好。"

"我没疯！我知道他不是我父亲，我讨厌这个人，要我跟他走是不可能的。"

"那就这么定了，用不着多说了。"

"这可由不得你！"约翰·坎提大喝一声，跨过亨顿，想抓住男孩，"抢也得把他——"

"你这个畜生敢再碰他一下，我会像杀鹅一样把你分成两半！"亨顿一手握住剑柄，一手拦住了约翰·坎提的去路。约翰·坎提退却了。"我警告你，"亨顿接着说，"有一群跟你一样的暴徒想伤害这孩子，还差点儿杀了他，是我救了他。我可不会让他才出虎口又入狼窝！不管你是不是他父亲，说实话，我觉得你在撒谎，跟着你这样残忍的家伙过日子还不如一死了之！你走吧，赶紧的，别让我多费口舌，我这人可没什么耐性。"

约翰·坎提骂骂咧咧地走了，慢慢消失在人群中。亨顿吩咐店家一会儿送餐到房间来，便带着男孩回到了三楼他住的那间房。房间的陈设很寒碜，只有一张穷酸的床铺和几件凌乱的旧家具，两支病歪歪的蜡烛发出微弱的光。小国王拖着沉重的步伐走到床边躺了上去，他真的是又累又饿，筋疲力尽。他足足走了一天一夜（现在是凌晨三点），一路上什么都没吃。男孩昏昏沉沉地咕哝着："饭菜上桌了请来叫我。"说完便昏睡过去了。

　　亨顿眼中闪过一丝笑意，他心想："我的天哪，这小乞丐就这么进了别人的房间，占了别人的床，那理所应当的模样就像这是他的地盘似的，一句'请您别见怪'或者'我就不客气了'都没有。他发疯病的时候说自己是威尔士亲王，倒还真挺入戏，演得挺像。这只没朋友的可怜小老鼠，肯定是被折磨得脑袋出问题了。好吧，我来当他的朋友吧。可能是因为救了他，我好像还真对他有了点儿感情，这个口出狂言的小家伙确实讨人喜欢。他跟那帮暴民对峙时多像个战士啊，那蔑视的表情可真来劲！现在他睡着了，暂时忘记了烦恼，小脸显得多秀气，多可爱，多温柔呀。我要来教导他，治好他的疯病。没错，我来当他的兄长吧！我要关心他，照看他。谁敢侮辱、伤害他，最好给自己备上寿衣，因为就算拼个粉身碎骨，我也要置那人于死地！"

　　亨顿在男孩面前俯下身，好奇地看着，眼中充满善意和怜悯。他轻轻戳了戳男孩的小脸蛋，又用棕色的大手抚平他乱糟糟的头发。

这时男孩打了个寒战。亨顿咕哝着:"瞧瞧,怎么能让这孩子躺在这儿什么也不盖呢,一会儿该感冒了。怎么办呢?我不想为了让他睡进被窝就把他弄醒,他真的需要好好睡上一觉。"

亨顿四处寻找多余的被褥,可什么也没找到。他只好脱下短上衣盖在男孩身上,嘴里说着:"我不怕冷,平时我就穿得少,这点儿冷一点儿问题也没有。"接着,他一边在房间里来回踱着步子,好让手脚热乎起来,一边自言自语:"这孩子脑袋出了问题,认定自己是威尔士亲王。不过现在已经没有威尔士亲王了,原先的王子登基做了国王——可怜的小家伙还停留在原来的幻想里。他还没明白,如今他不该自称王子,得自称国王才对……我在国外坐了七年牢,早就跟家里人失去了联系,不过要是父亲还活着,看在我的分上,他肯定会欢迎这个可怜的孩子,慷慨地为他提供庇护。我的好哥哥亚瑟也一样!至于我的弟弟修,他要是敢从中作梗,我就打他的脑袋!狡猾的、坏心眼的家伙!没错,我得带他回家,马上就动身!"

这时,旅馆的伙计把热腾腾的饭菜端了上来。他把菜放上桌,摆好椅子就走了,只留下两位穷房客自己伺候自己。那伙计关门的声音很大,把男孩给吵醒了。他一下坐起来,先是面带喜色地看着亨顿,接着又难过起来,唉声叹气地说:"天哪,原来是做梦,真是太不幸了!"这时男孩发现自己盖着亨顿的短上衣。他看看衣服,又看看亨顿,明白是对方为他做出了牺牲。小国王温和地说:"你对我真好,真的,对我太好了。穿上吧,我用不着了。"

男孩起了床,走到角落的洗脸架边等着。亨顿兴冲冲地说:"咱们赶紧美美地吃上一顿吧,饭菜还热着呢。吃饱饭,睡一觉,就又是一条好汉!用不着担心!"

男孩没回答,只一个劲儿地盯着这位高大的剑士,眼神显得很惊讶,还带着点儿不耐烦。

亨顿很疑惑:"怎么了?"

"先生,我得洗漱。"

"噢,就这事呀?你想干什么用不着我批准,就当这儿是自己家吧,东西随便用。"

但男孩还是站着不动,不仅如此,还不耐烦地跺了跺脚。亨顿完全摸不着头脑了。他说:"我的老天,到底怎么了?"

"给我倒水呀,怎么那么多话!"

亨顿忍住没有哈哈大笑起来,心想:"他演得真是太像了!"于是他赶紧上前,听从了这个傲慢小子的吩咐。接着他退到一旁,这一切让他觉得自己简直就像在做梦。这时命令又来了:"拿毛巾!"亨顿猛地惊醒,一言不发地接受了指令,其实毛巾就在男孩的面前。他自己也想洗把脸,可捡来的孩子已经坐上桌,准备开吃。亨顿三两下抹干净脸,正要拉开另一张椅子坐下,那孩子却气恼地说:"无礼!怎敢在国王面前落座?"

这话让亨顿大为震惊。他心想:"嘿,这小家伙的疯病跟着实际情况走了!我国有了重大的变故,他也跟着变化,现在他认为自己是国王了!老天爷,我可得好好配合,眼下也没有别的法子,要不然,他准得把我发配到伦敦塔去!"

亨顿被自己逗笑了。他把椅子拿走,站到国王身后,尽量周到地伺候他。

小国王吃着饭,身上绷着的那股国王的劲儿总算放松了一点儿,填饱肚子后也愿意聊天了。男孩说:"你自称迈尔斯·亨顿,我没听错吧?"

"是的,陛下,"迈尔斯·亨顿回答。他暗暗提醒自己:"既然决定迁就这可怜的小疯子,我就得称他国王,叫他陛下,不能糊弄了事,也不能拿自己扮演的角色开玩笑。一个不留神,我可就是好心办坏事了。"

第二杯葡萄酒让国王更加心满意足。他说:"让我认识认识你吧。说说你的故事。你看着很有贵族英勇的气概,是贵族出身吗?"

"我们家是低等贵族,尊敬的陛下。我父亲是理查德·亨顿,他是从男爵,属于级别比较低的骑士役封臣,家在肯特郡蒙克岛的亨顿府。"

"这名字我没什么印象。你接着说。"

"我的事其实没什么好说的,陛下。您就听着玩,权当为您打发半小时了。我的父亲理查德爵士非常富有，生性慷慨，不过我的母亲在我小时候就去世了。我有两个兄弟。亚瑟是我大哥，性格跟父亲一模一样；修是我弟弟，为人尖酸刻薄，贪婪无耻，背信弃义，心肠狠毒，总之是个害虫。他生来就是那副德行，十年前我最后一次见他时他十九岁，已经是个彻头彻尾的坏蛋了。那时我二十岁，亚瑟二十二岁。我们家亲戚不多，只有一个表妹，伊迪斯女爵。那年她十六岁，温柔美丽，心地善良。她父亲是伯爵。伊迪斯作为她们家最后的人丁，继承了大笔的财富和断嗣的头衔。我的父亲做了她的监护人。我爱她，她也爱我，但她打小就被许配给了亚瑟。父亲说什么也不肯悔婚，可亚瑟明明爱着另一位少女。不过我们几个都挺乐观的，想着只要拖一拖，没准儿哪天运气好，就能各自得偿所愿了。

"谁知道修看上了伊迪斯女爵的财产，不过他嘴上说的是爱上了她本人——修就是这样，永远嘴上一套，心里一套。伊迪斯并没有上他的当，全家只有父亲信了他的鬼话。父亲最喜欢修，也十分信赖他。不论在哪个年代，最小的那个孩子永远都最得父母宠爱。再加上修有张能说会道的嘴，天生就擅长撒谎，使得父亲对他越发盲目溺爱。我那时候有点儿调皮，说实话，是非常调皮。不过我那种调皮不算使坏，因为我从不伤害别人，顶多会让自己受伤。我既不会让家人蒙羞，也不会带来什么损失，更不会触犯法律、破坏原则，拿自己的名声开玩笑。

"修却利用了我的调皮。他见亚瑟哥哥身体不好,就琢磨着把我扫地出门,这样他就能一个人霸占家产。于是——哎,这事说来话长,陛下,也不值得细说。总之,我那个狡猾的弟弟确实抓到了我的'小尾巴',并且把它夸大成了一桩罪行。他声称在我房间里找到了一条丝质长筒袜,那是他自己放进去的。凭着那长筒袜,加上他收买的仆人和小厮从旁作证,父亲就相信了他的话,认定我打算违抗父命,带着伊迪斯私奔。

"父亲把我赶出了家门,命令我三年不许回英国,说这样我才能学聪明,做一个堂堂正正的男子汉。我熬过了艰难的欧陆战争,饱尝困苦与凶险。然而,最后一役我遭到俘虏,被关进了国外的地牢,七年间历尽艰辛,最后凭借智慧和勇气才逃出生天。如今我刚回到祖国,身无分文,衣衫褴褛,更不知道过了七年,亨顿府是不是已经物是人非。尊敬的陛下,我的故事说完了。"

"你这是遭人陷害!"小国王眼中闪着怒火,"我会为你讨回公道的,以苍天的名义!这是国王的许诺。"

迈尔斯的冤屈勾起了小国王的伤心事,他也说出了自己不幸的遭遇。迈尔斯听得惊愕不已。等小国王说完,他想:"嘿,这孩子想象力可真丰富!不管疯没疯,一般人可没法凭空编出这么一个曲折离奇的故事。可怜的小疯子,只要我有一口饭吃,就不会让他无依无靠。我要把他留在身边,好好待他,让他做我的小伙伴。我还要把他治好!

对，要让他健健康康的！我相信他一定能干出一番事业！到那个时候，我就可以骄傲地说：'没错，这孩子是我带大的。他本是个无家可归的小可怜，是我救了他。我早就发现他天赋异禀，早说过他能出人头地，瞧他现在怎么样？我没说错吧？'"

这时国王开口了，像是经过深思熟虑，语气十分慎重："你救了我，让我免遭伤害和侮辱，保全我的性命，也保全了王冠的尊严。这份忠心理应重赏。说出你的愿望吧，只要是本王能办到的，一定满足。"

这异想天开的发言把亨顿从沉思中惊醒。他正想谢恩，说自己不过是尽忠职守，区区小事无须回报。突然，他有了一个绝妙的主意。于是他回答说，感谢国王慷慨的赏赐，还请给他一点儿时间思考。国王严肃地点了点头，并说事关重大，确实不宜操之过急。

亨顿盘算了起来。他心想："对，就该提这个要求，除此之外，没有别的办法能达到这个目的了。刚才那一个小时让我明白，这事实在是太累人，太不方便了。没错，就提这个要求。幸好我没浪费这个机会。"接着他单膝跪地，回道："本人不过略尽绵薄之力，不值一提，但既然陛下愿意开恩行赏，我就斗胆谢恩，说出我的心愿。如陛下所知，约四百年前，英国国王约翰与法国国王有隙，遂下令让两位战士进行决斗，用所谓'上天裁决'的方式来解决争端。英国国王、法国国王与西班牙国王作为决斗的见证者与裁判。首先出场的是法国战士。未料英国骑士望而生畏，竟不愿继续对决。形势对英国国君十分不利。那时，英国最英勇的战士德科西公爵被关进伦敦塔，名誉、财产尽失，在牢狱中空度余生。国王向他求助，德科西公爵同意出战。法国人目睹其高大身姿，听闻其赫赫威名，吓得落荒而逃，英国不战而胜。约翰国王恢复了德科西公爵的爵位和财产，并宣布：'说出你的愿望吧，即便要半壁江山本王也会满足。'当时的德科西公爵就像我现在这样，单膝下跪，回复国君：'请陛下赐微臣及微臣的后代在英国国王面前不除帽的特权。'如陛下所知，他的请求得到了恩准。四百年来，德科西家族人丁兴旺。直到今天，这个古老家族的长老在国王面前依然可以戴着帽子或头盔，没有人会阻止，也无权阻止。基于此先例，本人恳求陛下赐予我这一尊贵的特权，这项赏赐对我来说比什么都珍贵，并且只将这一特权赐予我和我的后代，那就是——我和我的后代可以在英国国王面前就座！"

"平身吧，迈尔斯·亨顿，我封你为骑士，"国王严肃地说，同时用迈尔斯的剑行了封礼，"坐下吧。我赐予你这项权利。只要英国存续，王权存续，这项特权就永不失效。"

国王陛下心满意足地起身离开，迈尔斯则一屁股坐到桌旁，心想："没想到硬着头皮一试，还真让我得救了。唉，腿都站酸了。要是没想出刚才的点子，肯定还得站好几个礼拜，直到那个可怜的孩子恢复神志为止。"

坐了一会儿,迈尔斯又想:"我现在是幻影王国的骑士了?对我这样务实的人来说,这个头衔可真是荒谬。不过我不会笑话他的——那可是老天不容的!我觉得荒谬,可那孩子是真当一回事。其实换个角度想,这也不算撒谎呀,这让我看到了那个孩子有一颗善良慷慨的心。"接着他又想:"啊,要是他在人前用这个堂皇的头衔来称呼我可怎么办!那样荣誉的称号衬着我这身破衣裳,该显得多么可笑啊!算了,他想怎么叫就怎么叫吧,他高兴就好。"

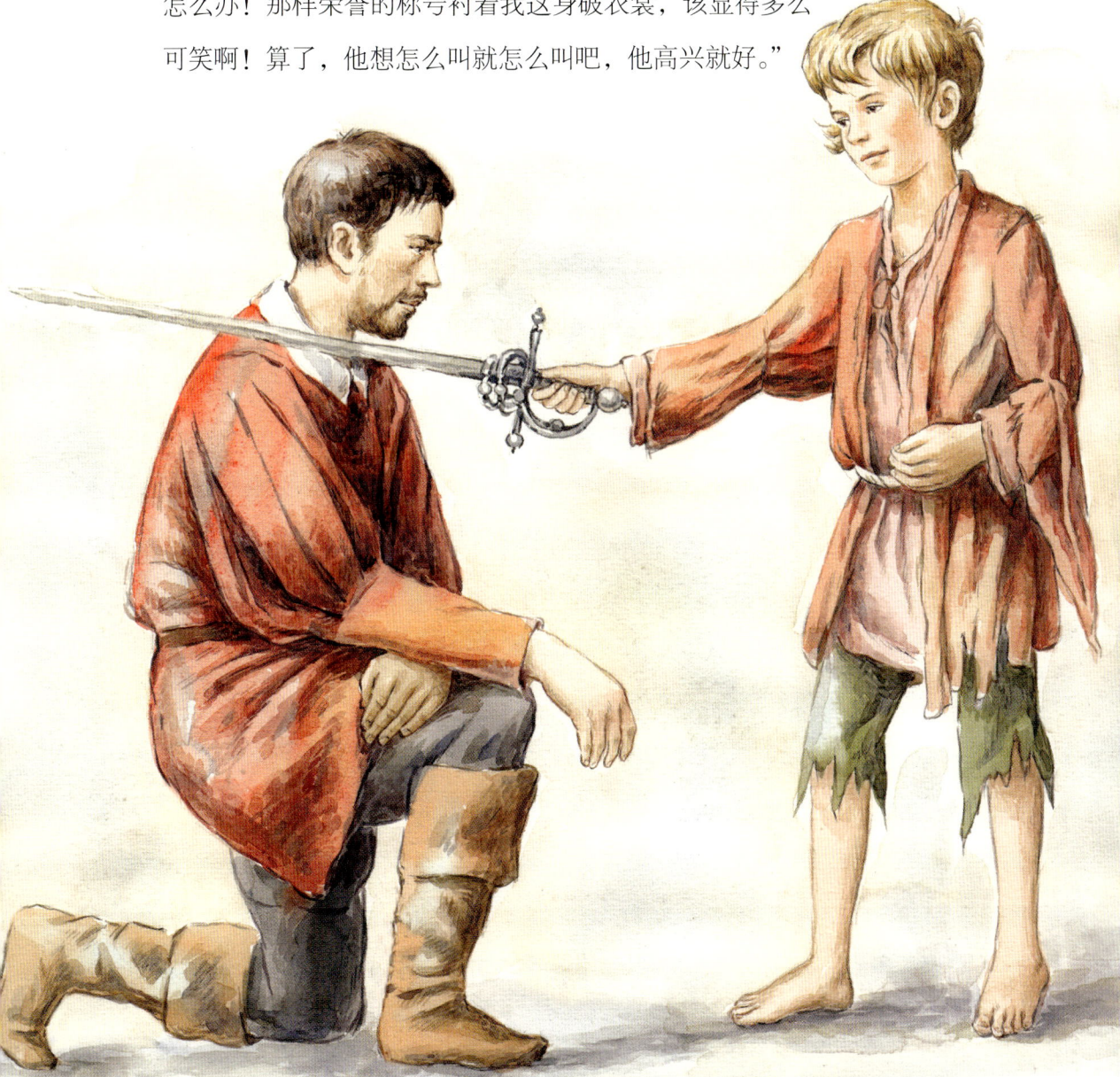

第十三章

王子失踪

没过多久,一股浓浓的睡意就向这两位朋友袭来。

小国王说:"把这些破布给我脱了。"他指的是他的衣服。

迈尔斯帮男孩宽了衣,没有皱眉头也没多说一句。他给男孩盖上被子,然后回头扫了一眼这间房,可怜兮兮地自言自语道:"他又占了我的床,跟刚才一样。老天在上,我睡哪儿呢?"小国王看出了迈尔斯的为难,一句话就替他解决了难题。只听他困倦地说:"你去门口睡,顺便把守。"说完这话,小国王便暂别尘世的烦恼,进入了梦乡。

"老天,他还真是天生当国王的料!"迈尔斯很是佩服,"演得是惟妙惟肖呀。"

他躺到门口的地板上，心满意足地说："过去七年我住得比这差多了，现在抱怨才真是不懂感恩。"

天色蒙蒙亮时，迈尔斯睡着了。这一觉睡到了中午。醒来以后，他掀开尚在熟睡中的被监护人的被子，每次只掀开一点儿，他在用绳子给他量尺寸。刚量完小国王就醒了，一边嘟囔着冷，一边问迈尔斯在做什么。

"已经完事了，陛下，"迈尔斯说，"我出去办点儿事，很快回来，您接着睡吧，得多休息才是。好了，我给您的脑袋也盖上点儿，很快就会暖和起来的。"

话没说完，小国王就再次进入梦乡。迈尔斯轻手轻脚地出门，三四十分钟后，他又轻手轻脚地回来了，手里拿着一整套二手童装。虽然料子很廉价，也看得出穿过的痕迹，但是衣服非常干净，也符合时令。迈尔斯坐下，仔细检查起这套新衣服，嘴里咕哝着："钱包要是再鼓一点儿，就能买到更好的行头啦，不过，我这个瘪钱包能买到最好的也就是这样了。

"'有那么一位女子，她就住镇上——'

"他是不是动了一下。还是唱小声点儿吧，最好别影响他睡觉，等会儿还得赶路呢。可怜的孩子，他是累坏了……这上衣——还行吧——缝上几针就没问题了。这件更好，不过也得缝上那么几针……这鞋不错，很结实，肯定能让他的小脚又温暖又不被弄湿。这对他来说应该是新鲜玩意儿，过去这孩子肯定没穿过鞋，不论冬夏……面包要是跟线一个价就好了，几分钱能买回一年的量，还免费送一根这么好的针，简直是在做慈善！费劲的活儿来了，该穿针喽！"

这活儿的确费劲。迈尔斯穿针的方式和其他男人一样，恐怕直到海枯石烂，男人们都会这样穿针吧——举着针不动，把线头往针眼里塞。女人穿针的法子则跟男人正相反。迈尔斯的线头没有一次是对准目标的，不是从这边岔出去，就是从那边岔出去，要么就是顶上针眼时打了个弯。不过迈尔斯很有耐心，他当兵的时候是做过针线活儿的。终于，他成功了。接着，他拿起怀里的衣服，开始缝补起来。

"旅馆的钱付过了，早饭钱也含在里面，一会儿早饭就会送来。剩下的钱还够买两头驴子，够两三天的路费。等到了亨顿府，就吃穿不愁啦。

"'她爱她的丈——'

"哎呀！针扎指甲缝里了！……不是什么大事，不要紧，但疼也是真疼啊……小家伙，在那儿我们肯定能过上好日子，绝对的！你用不着再为生计发愁，这可怜的疯病也能治好——

"'她爱丈夫爱得深，可另一个男人——'

"瞧我这大针脚！"迈尔斯举着衣服欣赏起来，"多气派，多有

样儿!那些小裁缝的寒碜针脚跟我这一比,显得多么笨拙呀——

"'她爱丈夫爱得深,可另一个男人把她爱得紧……'

"老天爷,完事了。缝得真漂亮,活儿也干得利索!现在得把那孩子叫醒,给他更衣,倒水洗脸,伺候他吃东西啦;接下来得赶去南华克,到塔巴德旅馆边上的市集去买东西。该起床啦,陛下!——他没吭声——嘿,陛下!我真得逾矩冒犯一下他的圣体喽,这孩子睡得怎么都叫不醒了。什么!"

迈尔斯把被子往边上一扔——孩子不见了!

迈尔斯惊得目瞪口呆,好一阵子说不出话来。直到这时他才发现孩子的破衣裳也不见了。迈尔斯顿时火冒三丈,大骂起旅店老板。恰在此时,伙计送来了早饭。

"给我解释清楚,你这个魔鬼!否则

今天就是你的死期！"这位上过战场的男人冲着那伙计劈头盖脸地咆哮起来，吓得那伙计一时间话都不会说了。只听迈尔斯怒吼着："孩子去哪儿了？"

那伙计结结巴巴、哆哆嗦嗦地说出了事情的原委："大人您刚走没多久，就来了个小伙子，说是您让那孩子马上去南华克桥头。我

就把那小伙子带到这儿来了。他叫醒那孩子,传了口信。那孩子确实埋怨了几句,说什么'太早了',但还是很快就穿上破衣裳,跟那人走了。那小孩还说,大人应该亲自来请他,不该让陌生人传口信,这有失礼数。于是——"

"所以说你是个笨蛋!容易上当的傻瓜!他得诛你九族!——也许没什么事,也许那人没什么恶意。我得快去找他。你赶紧把早饭放下。等等!床上的被子是铺过的,还弄成了有人睡在里头的样子,这是不小心的还是故意的?"

"我不知道,大人,我只看到那个小伙子铺床来着,就是来找孩子的那人。"

"真该死!他是在故意耍我,好给自己争取时间!听好了!他是一个人来的吗?"

"一个人来的。"

"确定吗?"

"确定,大人。"

"用你的蠢脑袋瓜子好好想想!"

那伙计想了一会儿,说:"我想起来了。他来的时候没人跟着,可他带着孩子往桥那边走的时候,有个看着挺凶的男人从边上蹿出来,跟他们走到一块儿去了——"

"然后怎么样了?快说!"亨顿急切地怒吼着。

"他们挤进人堆里,就看不着了。那会儿老板正冲我发火呢,说什么有个抄写员要的烤肉没上,可是老天爷,这怎么能怪我呀?我就像没出生的娃娃一样无辜,这事——"

"还不快滚,你这个蠢货!这些废话烦得我都快疯了!等等!先别跑!他们是朝南华克那头去了吗?"

"是的,大人。您听我说,烤肉没上真不赖我,我比没出生的娃娃还要——"

"少废话,赶紧走吧!再不消失,别怪我打你的脑袋!"那伙计拔腿就往外跑。亨顿跟在他后头跑出了房门。他两三步就超过那伙计,一步下两级台阶,嘴里嘟囔着:"肯定是那个自称他父亲的坏蛋。唉,我怎么把你给弄丢了,可怜的小疯子。我太难受了!我已经很喜欢你了呀!不行!苍天在上,我不能把你弄丢!——你丢不了,就算把这地方翻个底朝天,我也要找到你。可怜的孩子,早饭就在那儿,连着我的份,可我一点儿胃口都没有。留给老鼠吃吧——现在没别的,就是要快!要快!"他着急忙慌地钻进桥上喧闹的人群中,不过心里仍在回味着另一件似乎让他有点儿高兴的事:那孩子抱怨了几句,但还是跟着去了——他跟着去了,没错,因为他以为是迈尔斯·亨顿请他去的。可爱的孩子!要换成别人,他肯定不会去的,这我很清楚!

第十四章

国王驾崩，国王万岁

快天亮时，汤姆·坎提从沉睡中惊醒。他在黑暗里睁开眼睛，静静地躺了好一阵子，试图厘清脑子里一团乱麻般的思绪，弄明白到底是怎么回事。突然间，他欣喜若狂，同时小心翼翼地喊道："我明白了，全明白了！感谢老天，我总算醒了！悲伤的日子结束了，快乐又来了！嘿，楠！贝特！掀开稻草，赶紧上我这儿来，说出来你们肯定不信，这恐怕是梦神造出来的最不可思议的怪梦了，谁听了都得吓一跳！……嘿，楠！贝特！快来呀！"

有人在黑暗中走到了汤姆身边，有一个声音在问："陛下是要宣旨吗？"

"宣旨？……唉，完了，我认得这声音！你说，我是谁？"

"您？禀报陛下，昨夜您是威尔士亲王，今天您是尊敬的英王爱德华。"

汤姆把脑袋埋进枕头，哀怨地低声说："唉，这不是梦！大人，您去休息吧，我要再难过一会儿。"

汤姆又睡着了。不久，他做了一个好梦。梦里的时节是夏天，他在一个叫善人田野的大草原上独自玩耍。突然，一个只有一英尺高、长着红胡子的驼背矮人出现在他面前，对他说："挖那个树桩。"汤姆照做了，结果挖出来十二枚崭新锃亮的一便士硬币——他发财了！这还不是最开心的，那矮人还说："我知道你是谁。你是个好人，应该有好报。你的悲惨生活就此结束，因为好报已经来了。每隔七

天到这里来挖,你就永远能得到这笔钱,十二枚崭新锃亮的一便士硬币。这事要保密,不能说出去。"

接着矮人消失了。汤姆带着这笔钱往垃圾院飞跑,心里盘算着:"每晚给老爸一便士,就说是讨来的,他一高兴,就不会打我了。每个礼拜再给教我念书的神父爷爷一便士,剩下四便士就给母亲、楠和贝特。我们再也不用挨饿受冻,也不用担心挨打啦。"

梦里的汤姆上气不接下气地跑回了脏兮兮的家,眼里闪耀着感动和喜悦的光芒。他把四便士放到母亲腿上,大声说:"这是给您的!全是您的!给您,还有楠和贝特。这钱是从正道得来的,不是讨来的也不是偷来的!"

  母亲又惊又喜,一把将孩子抱进怀里。这时,有声音传来:"已经很晚了,陛下可否起床?"

  什么?这可不是汤姆想听的话。美梦被粗暴地打断——他被叫醒了。

  汤姆睁开眼睛,身着盛装的王室首席侍臣正跪在床边。美梦带来的欢乐霎时间烟消云散,可怜的孩子发现自己还是那个被囚禁的国王。屋子里站满了身着紫衣的侍臣——那是丧服的颜色,还有一批专门服侍国王的侍从。汤姆从床上坐起来,透过层层叠叠的丝绸床帐看着外头这一大群人。

折腾人的穿衣流程开始了。侍臣们先是轮流给汤姆下跪问安，并表达他们的哀悼之情。接着他们开始给汤姆穿衣服，先穿内衣：首席侍从武官把衣服拿起来，递给首席猎鹿犬大臣，再递给次席内务侍从，再递给温莎森林护林总管，再递给第三等贴身侍从，再递给兰开斯特公国大臣，再递给服饰总管，再递给诺罗伊高级纹章官，再递给伦敦塔总管，再递给首席内务官，再递给世袭司巾官，再递给英国海军大臣，再递给坎特伯雷大主教，再递给首席侍臣。最后由首席侍臣拿起这件由一群人传过来的衣服，给汤姆穿上。这简直就像火灾时传递水桶的场景，可怜的孩子完全搞不懂他们在干什么。

每穿一件衣服，这缓慢而郑重的流程就得从头来一遍。这套更衣仪式弄得汤姆疲惫不堪。当看到这支队伍遥远的尽头终于开始传递丝质长袜时，他竟心生了几分感激，因为他知道这场麻烦总算快到头了，可他高兴得太早了。

首席侍臣接过长袜，正要给汤姆套在脚上，突然脸腾地一下红了。他立即转身，把袜子塞回坎特伯雷大主教手里，一面瞪着眼低声说："大人您瞧瞧！"一面用手指着袜子的某个地方。大主教的脸

一下子又红又白。他赶紧把袜子递给海军大臣,低声说:"大人您瞧瞧!"海军大臣一看,差点儿喘不上气了,连忙把袜子传回世袭司巾官手上,几不可闻地说:"大人您瞧瞧!"就这样,袜子依序传了回去,经过首席内务官、伦敦塔总管、诺罗伊高级纹章官、服饰总管、兰开斯特公国大臣、第三等贴身侍从、温莎森林护林总管、次席内务侍从、首席猎鹿犬大臣——整个过程始终伴有那句惊恐的"大人您瞧瞧!"。最后,袜子终于回到了首席侍从武官手里。武官睁大眼睛一看,脸上顿时毫无血色,原来不幸的根源在这儿!他哑着嗓子低声说:"我的老天,竟然少了个挂襻(pàn)!马上把长袜总管关进大牢!"接着,他虚弱地靠在首席猎鹿犬大臣的肩膀上,等着仆人把崭新的长袜送过来。他已经吓得一点儿力气都没有了。

好在凡事总有结束的时候。后来汤姆·坎提总算是穿好衣服,正式起床了。有专人为他倒水,专人伺候他洗脸,专人持毛巾侍立在旁。汤姆就这样一步步顺利通过了洗漱的关卡,接下来要享受的是王室梳头师的服务。这一梳头又是过了好半天,汤姆好不容易才从他手里逃出来。那梳头师长得一表人才,漂亮得像个姑娘,身穿紫绸斗篷和紫绸短裤,帽子上插着紫色羽毛。现在汤姆庄重地往早餐室走去。一路上站着的全是侍从,汤姆经过时,他们就迅速后退,跪在地上给他让路。

吃完早饭,依照王室惯例,汤姆要前往王座室。陪同他的除了几名重臣,还有五十名手持镀金战斧的王室护卫。汤姆得在王座室里处理国务,"舅舅"赫特福勋爵就站在宝座旁,担任国王的智囊和顾问。

几位德高望重的大臣出现了。他们是先王指定的遗嘱执行官,现在要请汤姆批准几项事宜,其实就是走个形式。不过由于目前还没立护国公,所以也不完全是走形式,许多事务的确需要汤姆亲自批复。有关先王的葬礼,坎特伯雷大主教向汤姆汇报了遗嘱执行委员会的决议。在报告的最后,大主教宣读了全体遗嘱执行官的签名:坎特伯雷大主教、英国大法官、圣约翰·威廉姆勋爵、约翰·罗素勋爵、赫特福勋爵、约翰·黎索子爵、得罕主教卡斯伯特……

汤姆没在听,因为刚才报告中提到的一件事叫他百思不得其解。他扭过头悄悄地问赫特福勋爵:"刚才他说,葬礼在哪一天举行?"

"下个月十六号,陛下。"

"那可真是奇怪。这些天咱们就这么存着尸首吗?"

可怜的小家伙,他还不熟悉王室的习俗,只看惯了垃圾院里那种凄凉的死法,全都是着急忙慌地一埋了事。赫特福勋爵解释了几句,汤姆才安心。

国务大臣呈上议会决议,说翌日十一点将有外国使节来访,望国王批准。

汤姆向赫特福勋爵投去询问的眼神,勋爵低声说:"陛下同意即可,各国使节代表他们的君王前来悼念,对陛下及英国蒙受的灾难表示遗憾。"

汤姆依言行事。接着又来了一个国务大臣,宣读先王内务府的财务情况,说过去六个月的总开销是两万八千英镑。这个惊人的数字吓得汤姆·坎提倒吸一口凉气。当他听说这笔开销中实际还有两万英镑赊着账,没有付清时,他又吓得倒吸了一口凉气。等大臣说到国库面临亏空,先王的一千两百名侍从由于领不到薪水而生活窘迫时,他第三次倒吸了一口凉气。焦虑的汤姆情不自禁地说:"咱们国家显然是大不如前了,那现在就应该、也有必要换间小点儿的房子呀,最好把仆人都遣散,反正他们也派不上什么用场,就会浪费时间,干的那些活儿,只会让人心烦。他们应该去服侍木偶,因为木偶没有脑子,生活也不会自理。我记得鱼市对面就有间小房子,就在比林斯盖特……"

汤姆突然感觉有人用力按了一下他的胳膊。他立刻停止这番蠢话,脸随之涨得通红。不过周围的人神色如常,仿佛压根儿没听见汤姆说的怪话,没露出半点儿异样的表情。

又一位国务大臣前来报告,说鉴于先王曾在遗嘱中提及册封赫特福勋爵为公爵、其兄汤玛士·西摩为贵族、其子为伯爵等事宜,议会决定于二月十六日开庭确认册封之事。再及,先王虽未在遗嘱中提及与爵位对应的封地,不过委员会已在私下领受了先王旨意,因而建议赐西摩"地租五百镑的封地",赐赫特福之子"地租八百镑的封地，若再有主教封地入账，追赐他地租三百镑的封地"——此事还恳请新王恩准。

不应该先拿这些钱把先王的债给还了吗？怎么能就这样大手大脚地花出去呢？汤姆正想就此事说两句。细心的赫特福勋爵及时碰了碰汤姆的胳膊，他这番轻率的发言就没能说出口。汤姆准了此事，没有多说什么，可心里特别不舒服。他坐在宝座上回想着刚才发生的事，自己竟然随随便便地办了那么多古怪又了不得的大事，脑子里忽然冒出一个好玩的念头：为什么不册封他的母亲为垃圾院女爵，然后赏她一点儿封地呢？不过他很快又难过地打消了这个念头。他知道自己不过是名义上的国王，那帮严肃的老臣和贵族才是真正说了算的。在他们看来，汤姆的母亲只不过是他犯了疯病幻想出来的人物，他们只会一脸不可思议地听他说完，然后把医生叫过来给他看病。

无聊的公务简直没完没了。他们宣读了一大堆请愿书、公告、特许状等各类的文书，全都唠唠叨叨，无聊透顶。汤姆沮丧地叹着气，自言自语道："我这是造了什么孽！上天为什么要把我从广场上拖走，远离自由的空气和阳光，关到这儿当国王，受这种罪？"可怜的孩子越来越迷糊，只见他脑袋点了几下，很快就歪到一边去了。大英帝国的事务只得暂停，因为只有一国之君才拥有批准的权力。男孩睡着了。人们鸦雀无声，连智囊团也不敢再讨论下去。

这天上午有一个钟头汤姆过得还是挺快活的。在两位监护人,赫特福与圣约翰的准许下,他跟伊丽莎白公主、简·格蕾女爵愉快地消磨了一个钟头。不过眼下正值丧期,她们自然也是心情低落。拜访接近尾声时,汤姆的"姐姐",也就是后来历史上的"血腥玛丽"[1],也板着脸来看他,弄得汤姆毛骨悚然。在他看来,这次会见唯一的优点就是用时很短。接下来房间里便只留下了汤姆一个人。这时,一个十二岁上下的瘦弱孩子出现了。除了皱领和袖口花边是白的,他身上穿的短上衣、连裤袜等全是黑色。他没有佩戴葬礼徽章,只在肩膀上用紫色丝带系了一个结。男孩怯怯地走过来,摘下帽子,低着头,在汤姆面前单膝跪下。汤姆坐着不动,仔细打量了那孩子一阵子,然后说:"起来吧。你是谁?有什么事?"

男孩直起身子,站姿还算从容得体,可表情却相当忧愁。他说:"您怎么不记得我啦,陛下。我是您的替罪书童呀。"

"替罪书童?"

"没错,陛下。我是亨弗莱呀,亨弗莱·马洛。"

---

1. 血腥玛丽:玛丽一世(1516—1558),是亨利八世和凯瑟琳王后的长女,在同父异母的弟弟爱德华·都铎去世后与简·格蕾女爵争夺王位。在位期间因其暴行获得了"血腥玛丽"的称号。

汤姆想，要是他的监护人能提前跟他说一下这个人是谁该多好，现在真是太尴尬了。他该怎么办？假装认识这个孩子，然后接下来的每句话都暴露出自己其实根本没见过他？不行，不能那么办。突然汤姆心里有了一个主意，也随之暗暗松了口气：以后这种事肯定常有。赫特福勋爵和圣约翰勋爵是遗嘱执行委员会的成员，肯定会经常被叫走，处理各种紧急要务，不能总待在他身边，所以他得设计一些套路，好靠自己也能糊弄过去。是的，就该这么办，现在他就可以用这个孩子练手，看看自己能做到什么程度。汤姆假装为难地皱皱眉，然后说："我好像想起来了。不过我病了，脑子有点儿乱，记忆有点儿模糊……"

"唉哟，可怜的主人！"那替罪书童十分动情，接着又自言自语道："还真是跟他们说的一样，他的确有点儿神志不清。唉，好可怜呀！这下我要倒霉了，怎么把这事给忘了呢！他们说得假装没发现他生病才行。"

"真的很奇怪,我的记忆最近总是模模糊糊的,"汤姆说,"别担心,我好起来也很快,时不时地就会那么灵光一闪,忘记的事情和名字一下就又都想起来了。(其实不是忘了,而是压根儿不知道!不过这孩子马上就要见识到我的本事啦。)快说吧,你是来做什么的?"

"没什么要紧的,陛下,不过如果陛下愿意听,我就斗胆说说吧。两天前,您在希腊语课上犯了三次错,就是上早课的时候,您还记得吗?"

"记——得吧,我想我记得。(这不算是撒谎,我的希腊语的确不怎么样,何止三次错误,真要讲起希腊语,错四十多次都有可能。)是的,我想起来了,好,你接着说。"

"老师很生气,他说您那功课做得那么潦草,错得那么离谱,他发誓一定要拿鞭子狠狠抽我一顿——"

"抽你!"汤姆大吃一惊,脑子一下乱了,"我犯了错,他干吗打你呀?"

"啊,陛下您又忘了。您答不上来的时候,都是我挨打的呀。"

"没错,没错,我又忘了。因为是你在私底下教我功课的,所以我没答上来,老师就认为是你没教好——"

"噢,陛下,您在说什么呢?我这么卑贱的身份,哪儿敢教您功课呀?"

"那干吗打你呢?这是什么道理?难道我真的疯了?还是你疯

了？快跟我解释清楚！"

"可是，尊敬的陛下，道理不是明摆着的吗？谁都不能侵犯威尔士亲王的圣体，所以您犯了错，我就替您受罚，向来如此呀，这就是我的工作，我就靠这个养家糊口。"

男孩说得理所当然。汤姆看着他，心想："嘿，太神奇了，怎么会有这么怪的工作！真是的，他们干脆雇人代替我梳头穿衣好啦！话说回来，要真有那么一号人就好喽！他们要是愿意为我雇这么一个人，那可真是谢天谢地！我情愿自己挨鞭子！"接着汤姆说："可怜的孩子，既然老师这么说了，那你挨鞭子没有呢？"

"没有，亲爱的陛下，我本来应该在今天受罚，不过我想现在这惩罚应该撤销了吧？毕竟宫里都在服丧，打人多少有点儿不合适呀。其实我也不知道到底还打不打，所以斗胆过来问问您，因为陛下您说过要替我求情来着……"

"向老师求情吗？好让你不要挨鞭子？"

"啊，您想起来了！"

"你瞧，我的记忆恢复了。别担心，你一定不会挨鞭子，我去跟他们说。"

"噢，太感谢了，亲爱的陛下！"男孩喊着，又跪到了地上，"我可能有点儿冒昧了，但是我还想说——"

汤姆看出亨弗莱有点儿犹豫，于是说自己今天"心情不错"，鼓励他继续说下去。

"那我就说了,这事一直叫我担着心呢。您现在不是威尔士亲王,而是国王了,所以您想下什么命令都行,谁都不敢违抗。既然如此,您很有可能不想再上那些枯燥的课了,也许您想烧掉课本,干点儿别的好玩的。可这样一来,我就算是完了,我那几个孤苦伶仃的姐妹也算是跟着完了!"

"完了?为什么会这样呢?"

"因为替您挨鞭子我才能挣到面包,尊敬的陛下!要是没了这份差事,我就得饿肚子。如果您不学习了,我就没了差事,因为您用不着替罪书童了。您可千万别把我赶走呀!"

他那愁眉苦脸的样子打动了汤姆,男孩胸中一时间涌现出了颇具王室风范的慷慨。他对替罪书童说:"别发愁,你和你的后代将永远拥有这份工作。"接着,他用剑身轻轻碰了一下男孩的肩膀,大声说:"起来吧,亨弗莱·马洛,现在你是英国王室世袭替罪大书童!你再也不用担心了,我会继续念书的,而且会念得非常差,那么,为了公平起见,他们得给你涨三倍酬劳,你的职位也会变得非常重要。"

亨弗莱感激涕零,赶紧回道:"感谢您,尊贵的主人,这样慷慨的赏赐我简直做梦都不敢想。从今往后,我们马洛家的子子孙孙可算是吃穿不愁啦。"

直觉敏锐的汤姆马上意识到这孩子完全可以多加利用，于是便鼓励亨弗莱多说几句。对方也愿意跟汤姆多聊，他觉得自己这样是在帮助小国王"康复"。因为每当他说完一件在教室或其他地方发生的趣事或难忘的经历，"生病"的汤姆就总能跟着回想起当时的情形。就这样，他们聊了一个小时，汤姆收集到了大量有关宫中人事的有用信息。他决定每天都从亨弗莱这里打探消息，因此他下令准许亨弗莱在没有其他访客的时候进入国王的私室。

刚把亨弗莱打发走，赫特福勋爵就带着新的麻烦来找汤姆了。赫特福勋爵说，眼下众人都为国王的健康问题焦心，议会的大人们担心消息若是传开，免不得被添油加醋，导致谣言四起。因此他们认为最好的办法就是国王陛下在数天后举办一场公开的宴会，让民众看看国王陛下红润的气色和有力的步伐。在谨慎的前提下，还可以展现一下国王从容的仪态和优雅的风度。这样一来，一定能平息公众的忧虑。此为上策。

勋爵小心翼翼地接着往下说，试图把宴会的种种礼仪教给汤姆。他拙劣地假装自己不过是在"提醒"陛下，显然这些事，陛下早就知道。令他喜出望外的是，汤姆确实不需要太多指导，亨弗莱已经给汤姆提供了很多帮助。他早就在宫里听到风声，跟汤姆说了过几天他们要安排小国王公开用膳。当然了，这些事汤姆是不会让勋爵知道的。

勋爵感觉国王的病情好像大有好转，于是按捺住激动的心情，大着胆子考了他几回,想看看记忆恢复到什么程度。结果令人相当欣喜。各种琐碎小事——自然都是亨弗莱说过的事——国王都能想起来。勋爵简直激动万分,他满怀希望地说:"恕臣冒昧,不知陛下是否可以再努力回想回想,以解国玺之谜。此事昨日尚属紧急,不过今日已不算头等要事了。因为先王已逝,旧国玺已失去效用。但是陛下,您愿意回忆回忆吗?"

汤姆很迷茫,他完全不知道什么是国玺。他迟疑了一阵子,然后一脸无辜地看着勋爵问道:"大人,那东西长什么样呀?"

勋爵如遭晴天霹雳,但表面上还是强装镇定。他暗想:"天哪,他怎么又糊涂了!还是不能让他用脑过度。"随后勋爵故意转移了话题,他不想让汤姆继续为那枚倒霉的国玺操心。这倒是很容易就办到了。

第十五章

汤姆当了国王

第二天,外国使者带着大批随从前来觐见,汤姆别别扭扭地坐在宝座上接见他们。起初,盛大的场面目不暇接,也引得汤姆十分好奇。不过由于来访的使节实在太多,一份份致辞更是让人疲惫不堪,于是愉快慢慢变成了烦躁和想家。汤姆一遍遍地重复着赫特福勋爵教他的话,努力表现得令人满意。可他毕竟从未经历过这种场面,所以难以从容应对,整体表现十分生硬,勉强过关。汤姆空有一副国王的样子,却不具备国王的心境。当访问结束的时候,他倒是发自内心地感到高兴。

这大半天算是浪费了,汤姆是这么认为的,因为他一直在履行国王的义务。虽然有两小时专属于小国王的娱乐时间,但那种消遣在汤姆看来还是负担。在这里玩耍的规矩太多，讲究的礼节一样不少。跟替罪书童单独相处的那一个钟头对汤姆来说还算有意思，既玩了，又得到了有用的消息。

算起来，今天已经是汤姆·坎提做国王的第三天了。虽然每天都过得差不多，不过今天他好像没那么发愁，也没有第一天时那么不自在，对周围的环境也更熟悉了。他还是会局促不安，不过偶尔也能放松。经过了这几天的历练，那些大人物对他行礼时，他也渐渐不那么尴尬了。

不过还是有一件事叫他害怕。第四天就要到了，这让汤姆十分焦虑——他得公开用膳，这还只是一天的开始。那天其实还有许多别的要事：主持会议，发表对各国外交政策的看法并下达指令；那天，赫特福勋爵还将被正式任命为护国公。第四天有好几件大事要办呢，可对汤姆来说那些事都无足轻重，最大的考验还是当着大家的面吃饭。到时候那么多双眼睛将会好奇地盯着他，那么多张嘴巴将悄悄议论他的表现——如果他不幸犯了错。

第四天如期而至。从早上开始，汤姆就一直情绪低落、心神不宁。他实在是振作不起来。冗长的晨间流程照例进行，汤姆疲惫不堪，又一次强烈地感到自己是个囚犯。

中午时分，汤姆被领进了一间宽敞的接见室。他一边跟赫特福勋爵有一搭没一搭地说着话，一边百无聊赖地等候。接下来一个小时他得接见好几位重臣。

等了一阵子,汤姆走到窗边。他被宫门外的主干道吸引,那里有不少人在走来走去。汤姆不只是看看而已,他是在全身心地渴望加入到那种热闹中,渴望享受那样自由的生活。这时,他看到一帮人起着哄,吵吵嚷嚷地走了过来,男女老少都有,都是最贫穷低微的百姓。

"真想知道出了什么事呀!"汤姆喊了起来,完全是一副小男孩看热闹时满心好奇的模样。

"国王发话了！"勋爵深鞠一躬，郑重其事地说，"陛下是想知道出了什么事吗？"

"我想知道！噢，太好了！"汤姆非常激动，这下他总算高兴起来，心想，"看来当国王也不全是累人的差事嘛，还是有点儿补偿和便利的。"

勋爵叫来侍从，让他给护卫队长传令："国王有旨！把那帮人截住，问问看到底出了什么乱子。"

很快，排成长列的王室护卫队出现了。他们穿着闪亮的铠甲列队走出宫门，拦住了主干道上的那帮人。信使很快便回来报告，说这帮人是跟着去看行刑的，有一个男人、一个女人和一个小女孩犯了扰乱治安罪。

有几个可怜人要被处死！残暴的死刑！想到这里，汤姆的心不禁一阵抽搐，一时间只剩下满腔的同情。他没有想他们到底犯了什么罪，也没有想他们是否带来了悲剧、造成了损失，他只想到了绞刑架和这几个死刑犯即将面临的可怕命运。这份同情甚至让他在一时之间忘记了自己只是假冒的虚影，根本不是真正的国王，他不由自主地脱口而出："把他们带过来！"

说完这话，汤姆立即涨红了脸，准备道歉。可是他发现不论是勋爵还是侍从都没有显出大惊小怪的样子，他便打消了道歉的念头。侍从郑重地领受了旨意，后退着离开房间，传旨去了。汤姆心头涌起一阵骄傲。这一刻，他对国王这个身份有了新的感受，似乎尝到了做国王的好处。他想："过去我跟着老神父读书的时候不就这么想过嘛，要是能当上王子，我得试试发号施令，使唤他们去'干这个，干那个'，看谁敢违抗。"

这时门开了，一名侍从开始大声宣读一串煞有介事的头衔，拥有这些头衔的达官显贵则应声鱼贯而入，很快把房间占了一半。不过汤姆对他们一点儿也不关心，刚才那件更有意思的事完全占据了他的注意力。他心不在焉地坐在主座上，迫不及待地盯着门口。来访者见国王这副样子，都不敢打扰，只得低声聊起了公务，顺便也聊聊宫里的八卦。

很快，士兵们整齐的踏步声传来。副警长和国王护卫队押来了犯人们。副警长先是在汤姆面前下跪行礼，接着起身站到一旁。三个死刑犯则一直跪着，他们可不能站起来。护卫队站在了汤姆的椅子后面。汤姆好奇地盯着那几个犯人瞧。他对那个男犯人的模样似乎有点儿印象。"这个人我好像在哪里见过……但是想不起来是几时、在哪儿见过了。"汤姆沉思着。就在这时，那男人快速抬起头瞥了一眼，又赶紧把头低下去，似乎被国王的威严吓得不轻。这下倒是让汤姆看清了他的脸。他想："我知道了！这就是那个跳进泰晤士河，把盖尔斯·维特捞出来，救了他的命的人。那是新年第一天，天很冷，刮着大风。他很勇敢，做了好事呢。真可怜，他怎么就犯了法，落到这步田地了……那天的事我记得特别清楚，因为出事后一个小时，钟就敲响了十一下，奶奶还揍了我一顿，下手真够狠的，跟那次比起来，以前和往后挨的打简直像是爱抚。"

汤姆命令他们先暂时把那女人和小姑娘带走，接着向那位副警长问起话来。他说："大人您好，这男人犯了什么事啊？"

副警长跪下回道："回禀陛下，他把人毒死了。"

汤姆本来对这个犯人充满同情，也佩服他见义勇为，救了溺水的小孩，可这话简直像晴天霹雳，狠狠打在他心头。

"真是他干的吗？"汤姆问。

"铁证如山，陛下。"

汤姆叹了口气，说："那就带走吧，他罪有应得。不过真可惜，他这人其实非常英勇呀。不，不，我的意思是，他的样子看着挺英勇的！"

突然，那犯人鼓足勇气，双手交握，绝望地高高举起，颤抖着，磕磕巴巴地向面前的"国王"苦苦哀求起来："尊敬的国王陛下，您可怜那个死者，也可怜可怜我吧！我是无辜的呀！给我定罪的人根本没有拿得出手的证据。不过，我想求您的不是这个，判决已经下了，想来也没办法改了。我现在斗胆求您开恩，是因为我实在受不了那种死法。您行行好吧，国王陛下！发发慈悲，恩准了吧！求求您准我上绞架！"

汤姆惊呆了。他没想到那人竟说出这样一番话。

"天哪，这请求也太怪了！你不就是要去上绞架吗？"

"尊敬的陛下，不是的！他们判的是把我活活煮死！"

汤姆万万没想到那人会说出这么可怕的话，吓得差点儿从椅子上蹦起来。他好不容易才稳住心神，大声说："如你所愿，可怜人！就算毒死一百个人，也不该判那么残暴的刑罚呀！"

那人扑倒在地，激动万分，连声道谢，最后还说："要是您将来遇到难事——当然，那是苍天不容的！希望上天能记得今日您对我行的善！您会得到好报的！"

汤姆对赫特福勋爵说："大人，给这个男人判那么可怕的刑罚真的合法吗？"

"是的陛下，我们是依法行事，毒杀罪当处此刑。在德国，造假币者当受油煎至死之刑。不是一下丢进油锅，而是把人绑起来，一点点地、慢慢地放进去；首先是脚，接着是腿，然后是——"

"求您别说了，大人，我听不下去了！"汤姆大喊着捂住眼睛，像是想遮住脑海中的那幅画面，"尊敬的大人，您一定得下令更改这条法律。唉！再也不能让哪个可怜人遭受这种折磨了。"

听了这话，勋爵露出赞许的神色，因为他也是个生性慈悲的人。在那个弱肉强食的年代，贵族阶层很少有人像他这样。勋爵说："陛下既然发话了，这条法律当然会被废除。陛下此举实乃王室之光，当青史留名。"

副警长准备把犯人押走，汤姆示意他稍等片刻。他说："大人，这个案子我还想多问几句。这人说，并没有确凿的证据证实他犯了罪，您能不能跟我说说您知道的情况呢？"

"回禀陛下，根据法庭记录，此人在某天闯进了伊斯林顿某村某屋内，当时屋内只有一个卧床的病人。有三位目击证人证实当时是早上十点，还有两位说是十点过几分，总之，当时屋内只有那个病人在睡觉。没过多久，此人就从那屋里出来，离开了现场。不到一小时后，那病人就抽搐、呕吐，暴毙身亡。"

"有人看到他下毒了吗？毒药找到没有？"

"噢，没有，陛下。"

"那你们怎么知道那病人是被毒死的？"

"回禀陛下，根据法医鉴定，那人的死状的确符合毒发身亡的特征。"

在那个简单粗暴的年代，这已经算是确凿的证据了。然而，汤姆看出了这件事可怕的地方。他说："医生是专业的，应该不会说错。但是光凭这个证据，对可怜的犯人来说太不公平了。"

"不只这个，还有其他证据，陛下，更可怕的证据。很多人作证说，有一名女巫——她现在已经离开村子，不知去向了——曾预言那个病人会被毒死。她还预言下毒的是个陌生人，长着棕色头发，穿着朴素破旧。眼前这名犯人跟她描述的样貌完全相符。陛下，还请您慎重，毕竟连预言都有了。"

在那个迷信的年代，这样的证据已经是相当有力了。汤姆觉得的确是无可挽回,从这些证据来看,这个可怜人的罪名算是板上钉钉了。不过汤姆还是想再给他一次机会,便说:"你要是有什么想说的,现在快说吧。"

"说什么都没用了,国王陛下,我没法证明自己的清白。我没什么朋友,不然就能找人证明那天我不在伊斯林顿了。其实在他们说的那个时间,我离那儿还有三英里远哪,当时我在沃平码头。国王陛下,他们说我那天在杀人,可我那天明明在救人,救一个掉到河里的小孩——"

"老天爷!大人,他是哪天犯的事?"

"就是最热闹的元旦那天早上十点,或者十点过几分——"

"放了这个犯人——这是国王的旨意!"

这突如其来的发言显然不符合王室的身份,汤姆的脸又红了,他赶紧补上一句以弥补自己的失态:"我是在生气!光凭那种随随便便、疯疯癫癫的证据,怎么就能处死一个人呢!"

众人立即小声议论起来,都对汤姆起了敬意。汤姆下的命令并不值得称赞,因为赦免已经定罪的投毒犯绝对不是什么合适的举动,但是刚刚汤姆表现出的才智与气魄赢得了人们的尊敬。有人低声议论:"这哪是什么疯子国王——他清醒得很。"

"那几个问题问得真是有理有据,处理起案子多果断呀,国王从前不就是这样的人吗!"

"感谢上天,他已经康复了!这可不是什么病人,他是堂堂正正的国王!真是有其父必有其子。"

众人对汤姆称赞有加,汤姆恰好也听到了那么一两句。表扬的声音让他大大松了口气,甚至有点儿得意扬扬。不过汤姆毕竟是个小孩子,没过多久,好奇心又冒出来了。他现在很想知道那个女人和那个小女孩犯了什么死罪。随着他一声令下,那两个惊恐万状、哭哭啼啼的犯人也被带了过来。

"这两个人犯了什么事?"他问副警长。

"回禀陛下,她们犯了滥用巫术罪,并且证据确凿。法官已经依法做出了判决,这两个人会被绞死。她们的罪行就是把灵魂卖给了恶魔。"

汤姆打了个寒战。他从小就知道这种事是非常邪恶可憎的。不过,汤姆还是在好奇心的驱使下问起了事情的来龙去脉。他说:"她们在哪儿犯的事?什么时候?"

"十二月的一个午夜,在一座废弃教堂里,陛下。"

汤姆又打了个寒战。

"在场的都有谁?"

"就她们两个,陛下——还有魔鬼。"

"她们自己承认的吗?"

"没有,陛下,她们不承认。"

"那你们是怎么知道的?"

"因为有证人看到她们往那儿去了,陛下,这已经非常可疑。接下来又发生了可怕的事情,证实了我们的猜想。最有力的证据就是,她们凭借那天获得的邪恶力量召唤了一场暴风雨,把那个地区摧毁了。有四十多名证人证实,的确有过一场暴风雨。如果存心去找,还能找到一千多个证人。那里的居民应该都记得这场暴风雨,因为

大家都遭灾了。"

"看来真是出过大事。"真是邪恶又卑鄙！汤姆沉吟一会儿，又问道，"那么，这个女人也遭灾了吗？"

几名老臣点起了头，他们觉得这问题问到了点子上。不过副警长并没有反应过来，老老实实地回答道："她也受灾了，陛下，准确来说，跟其他人一样惨。她的家被洪水冲走了，她和她的孩子现在是无家可归。"

"也就是说，这女人得到了邪恶力量，却给自己招了灾。如果她只付了一分钱，我们还可以说她是被骗了。但她可是拿自己还有孩子的灵魂做了交换呀，我看只有疯子才肯做这样的交易！既然她是疯子，就等于不知道自己在干什么，那我们怎么能判她的罪呢？"

老臣们再次点起了头，对汤姆的智慧表示赞许。还有人悄声说："听说国王自己也疯了。这疯病该不会是神的眷顾吧？他好像比从前还要清醒呢。"

"那孩子多大年纪？"汤姆问。

"九岁，陛下。"

"根据英国的法律，小孩子可以自立契约卖身吗，大人？"汤姆问一位博学的法官。

"回禀陛下，儿童尚且年幼，难以应付成人的智力和计谋，易受蒙骗，所以法律不允许儿童参与或干预重要的决议。不过，在双方同意的前提下，恶魔可以买儿童，但是英国公民不可以。在后一种情况下，契约视为无效。"

"这条法律简直是大逆不道！英国人没有那样的权利，恶魔反倒有！"汤姆喊了起来，他真的很生气。

这番话真是另辟蹊径，许多人都露出了微笑，默默记在心里，准备将来跟宫里其他人讲讲，以证明汤姆确实很有创见，神志也大有好转。

那个女犯人不哭了。她听汤姆说话听得越来越认真，心里也渐渐升起了希望。汤姆看在眼里，越发地同情这对孤苦伶仃、身陷危难的母女。只听他问道："她们是怎么召唤暴风雨的？"

"脱下袜子召唤的，陛下。"

汤姆听了大吃一惊，好奇心立即熊熊燃起。他急切地问道："太神奇了！每次脱袜子都会带来那种可怕的后果吗？"

"每次都会，陛下。只要那女人心中默想，同时念相应的咒语，默念或念出声都可以，就一定会出事。"

汤姆转向那个女人，迫不及待地说："展示你的力量吧，我想看一场暴风雨！"

迷信的众人顿时脸色苍白，一时之间都想逃走，可也都按捺住了。汤姆并没注意人群的骚动，他一心只想着那场即将到来的天灾。

他发现那女人露出既迷惑又惊讶的表情，便激动地补充道："别害怕，我绝不会怪罪于你！相反，我还会把你给放了，再也不让任何人伤害你。快施巫术呀。"

"噢，尊敬的陛下，我哪懂什么巫术啊。我是冤枉的！"

"你是不是害怕他们？放心，他们不敢伤害你。快制造暴风雨吧，小型的也可以。我还真不想看太可怕的天灾，就来场小雨怎么样？只要你能做到，我就免了你的死罪，你和你的孩子马上可以获得自由。我还会赐你国王特赦，从今往后谁都不能伤害你。"

那女人拜倒在地，流着泪拒绝，说她实在没有能力创造那种奇迹。要是听从国王的命令就能获得如此慷慨的恩赐，哪怕只是免了孩子的罪，自己一个人去死，她也心满意足。

汤姆使劲催促她，可那女人却只是重复这番话。最后汤姆说："我认为这女人说的是实话。如果换作我的母亲拥有这样的邪恶力量，她一定会毫不迟疑地召唤暴风雨，毁掉整个国家，只为保孩子的平安！我相信所有母亲都会这样做的。好母亲，现在你自由了，你的孩子也自由了，我相信你是清白的。不要怕，请原谅我的失礼——把袜子脱下来吧！要是你能造出暴风雨，我就让你发大财！"

死里逃生的母女俩感激涕零，立即听从了国王的命令。汤姆满怀期待，还稍微有点儿害怕。屋里的大臣们已完全无法掩饰脸上的

紧张和不安。女人脱下自己的袜子,又脱下了小女孩的袜子。看得出来她真的在尽心尽力地想制造一场暴风雨以回报国王的恩典,可最终的结果令人失望。汤姆叹了口气,说:"行了,好母亲,别折腾了。你已经没有邪恶力量了。平平安安地回家去吧。假如什么时候那邪恶力量又回到了你身上,千万别忘了来给我造一场暴风雨呀。"

第十六章

国 宴

很快，晚宴的时间到了。说来也怪，现在汤姆心里只有一点点不安，完全没有早上那么焦虑了。白天的经历神奇地让汤姆信心大增。可怜的孩子已经在宫里住了四天，看来是习惯新环境了，成年人住上一个月可能都没他适应得好。小孩子适应环境的能力真没有比这更有说服力的了。

趁着汤姆为晚宴做准备的工夫，我们先去大宴会厅瞧上一眼吧。这宴会厅十分宽敞，竖立着镀金圆柱和装饰柱，墙上、天花板上都绘着壁画。宴会厅门口站着高大的护卫，衣着华丽，手持斧枪，如雕像般身姿笔挺。宴会厅高处环绕着一圈楼座，里头坐着乐师，还有不论男女都盛装打扮的庶民。宴会厅中央有一个高于地面的平台，那上面便是汤姆的餐桌。史书是这么写的：

一名侍从手持仪仗上前来，另一名紧随其后，手持桌布。两人恭敬地行了三次跪拜礼，之后铺设桌布，再次跪拜，随后退下。又有两人前来，其中一人仍手持仪仗，另一人持盐罐、餐盘与面包。二人仍是先跪拜，陈设餐桌，再行礼，随后退下。最后入场的是两名盛装贵族，其中一位手持试餐刀。两人恭敬……礼，之后行至餐桌前，用面包和盐进行擦拭，……敬畏，有如国王已端坐桌前。

预备工作进行完毕。长廊的远端响起了号角声，……："尊敬的国王陛下驾到！"号角声和宣告声不……一眨眼的工夫已经到了眼前，嘹亮的军号声响……国王陛下驾到！"这喊声开启了盛大的场面，只……步伐依序走入了宴会厅。让我们再来看看史书

……是侍从、男爵、伯爵与嘉德骑士，皆着盛装，无帽。其后为两名大法官，一名持王室权杖，另一名持国剑，剑鞘呈红色，饰有金色鸢尾，剑尖朝天。接着是国王本尊入场。

国王现身之际，十二支小号吹响，鼓声雷动，热闹非凡，只为恭迎圣驾亲临。楼座宾客纷纷起立，高呼："上天保佑吾王！"国王身后跟着他的侍从，仪仗队与五十名侍卫陪伴左右，皆持镀金战斧。

那场面真是恢宏大气。汤姆的心怦怦直跳，眼睛散发出快乐的光芒。他的举止看上去十分优雅，由于已浑然忘我，姿态便更显从容自如。他已经被这喜庆的画面和动听的音乐彻底迷住了。再说，只要习惯了，谁不想穿合身又漂亮的衣服呢？更何况眼下汤姆根本没空去注意衣服舒不舒服。他想起之前接受的指导，便轻轻点了点戴着大羽毛帽子的脑袋，彬彬有礼地说："感谢我的人民。"

汤姆没有脱帽就坐到了餐桌旁，这倒是挺自然的。因为吃饭不脱帽是王室家族和坎提家族唯一相同的习惯，汤姆早就习以为常了。队伍四散，众人井然有序地在不同的桌边落座，每个人还是保持脱帽的状态。

伴随着欢快的音乐，王宫侍卫进入了宴会厅，"都是英国最高大健壮的男子，人中龙凤"，具体的还是看史书是怎么写的吧：

> 王宫侍卫进入了宴会厅，他们没有戴帽，身着背后绣有金玫瑰的猩红色制服，次第走入，每人用托盘呈上一道菜肴，再

依传菜礼节，由一位侍从接过来呈上餐桌。试餐员将每道菜取一小份给侍卫尝试，以免有下毒之虞。

总的来说，这顿饭汤姆吃得很快活，只不过稍微有点儿不自在。毕竟几百双眼睛盯着他。他每吃上一口菜，众人的精神就紧绷一次，好像他吃下去的是致命炸弹，随时可能把他炸成碎片。汤姆提醒自己不要吃得太快，也提醒自己不要亲自做任何事，得等专人过来跪在地上替他完成。整个就餐过程汤姆没有犯一次错，他今晚的表现完美无瑕，大获成功。

晚宴终于宣告结束，在气派的随行人员的陪同下，汤姆离开了宴会厅。与此同时，厅内响起了嘹亮的号角声和隆隆的鼓声，回荡着欢乐的音乐和雷鸣般的喝彩。汤姆认为自己已平安通过了公开用膳的考验，要是能摆脱掉其他那些折磨人的王室事务，这样的考验多来几次他也愿意。

第十七章

疯子一世

迈尔斯·亨顿匆匆穿过伦敦大桥，往南华克方向一路不停地搜寻着目标，只盼能早点儿找到，结果却令他失望。通过询问几位路人，他得以在南华克多追了几步，但很快就一点儿线索也没有了。亨顿不知道接下来该怎么办，只能趁天黑之前尽量多找几个地方。太阳落山时，他已经走不动，肚子也饿瘪了，可依然一无所获。他在塔巴德旅馆随便吃了点儿东西便赶紧睡下，决心明天一清早就出门，誓要把这镇子翻个底朝天。

他躺在床上琢磨着该怎么办。突然他想到，那孩子要是从他痛恨的那个恶棍父亲手里逃出去了，会不会跑回伦敦城，去他们之前住的那间小旅馆呢？不，应该不会，他不能让人又把他抓了去。那他会去哪儿？那孩子在这世上无依无靠，只有迈尔斯·亨顿一个朋友，他只能来找亨顿呀。如果是这样，那孩子不会冒险回伦敦城，而是会去亨顿府。没错，他会去那儿，因为他知道亨顿一定会回家，他最有可能在那里找到亨顿。是的，现在亨顿想明白了，不能在南华克耽搁了，他得立刻动身去肯特郡蒙克岛。到那儿以后他再去林子里搜寻，再问人就对了。

那么，失踪的小国王到底去哪儿了呢？

大桥旅馆的伙计看到一个恶棍正要跟那个小伙子和国王"会合"，但实际上他们没有会合。那恶棍只是尾随在他们身后，他一言不发，左胳膊吊着绷带，左眼戴着绿色大眼罩，微微瘸着腿，手里还拄着橡木拐杖。那个小伙子领着国王在南华克的小巷里穿来穿去，不久就拐进了一条乡间小路。这时国王不耐烦了，宣布到此为止，接下来应该是亨顿来迎他，不能是他去见亨顿，那样实在是太没规矩了。所以，他一步也不走了。

那小伙子说："你想停在这儿，任凭你那个受重伤的朋友躺在那边的林子里？那行吧，随你的便。"

国王瞬间变了脸色。他喊道："受伤了？谁干的？好大的胆子！用不着多说了，接着赶路吧，快点儿，你的鞋子是灌了铅吗！他受伤了？哪怕是公爵的儿子干的，也得给我付出代价！"

离那片林子还有点儿距离，但他们很快就赶到了。小伙子找了一圈,终于发现一根插在地里,上头绑着破布的树枝,于是沿着那个方向继续前进。他一路都靠这种树枝指路,可见他的目的地十分明确。终于,他们走到一片空地,那里有一座废弃的农舍,挨着一座跟废墟差不多的谷仓。这儿不像有人住的样子,周围一片死寂。小伙子走进谷仓,国王急切地跟在后头。可谷仓里没有人!

　　国王吃了一惊,立即充满怀疑地瞪着小伙子,问道:"他人呢?"

回答他的是一阵嘲讽的大笑。国王勃然大怒，捡起柴火棍就要冲那小伙子扑过去。就在这时，他听到还有一个人在哈哈大笑，原来正是那个远远跟过来的瘸腿的恶棍。国王愤怒地冲他吼道："你是谁？你们要干什么？"

"少装傻，"那人说，"别废话了，我的化装水平有那么高吗？连儿子都认不出来爹了？"

"你不是我父亲,这件事很清楚,因为我是国王。如果是你把我的仆人藏起来了,那我劝你赶紧把他还给我,否则你会为今天的所作所为付出代价。"

约翰·坎提一字一句地厉声说道:"你显然是疯了,打你也没什么意思。不过要是把我惹急了,我照打不误。你在这里说这些倒是无所谓,反正没有旁人听信你的废话。不过你得管好你的嘴,到了新地方可不要胡说八道,给我找麻烦。我杀了人,不能留在原来的地方了。你得跟着我,因为我要你伺候。我现在为了行事方便改了名字,叫霍布斯,约翰·霍布斯。你就叫杰克,可得给我记清楚了。说吧,你母亲去哪儿了,姐姐们又去哪儿了?都不在约好的地方,你知道她们跑哪儿去了吗?"

国王阴沉地回答:"别拿我听不懂的话烦我。我母亲早已去世,我的姐姐眼下在宫里。"

旁边站着的那个小伙子爆发出一阵大笑。国王本想走上前教训他一顿,可约翰·坎提——现在他管自己叫"霍布斯"——让那小伙子别笑,他说:"别闹,雨果,别招惹他。他现在脑子不好使,别把他惹急了。坐下吧,'杰克',休息一下,一会儿给你点儿吃的。"

"霍布斯"和雨果低声交谈起来。国王想离这两个讨厌的家伙远一点儿,就躲去谷仓另一头,独自坐在昏暗之中。他发现那片泥巴地上铺了一英尺厚的稻草,便躺了上去,还抓了一些稻草盖在身上,当作被子。很快他就陷入了沉思。最近的确发生了很多让他痛苦的事情,但是跟那件事相比,其他痛苦完全不值一提:他失去了父亲。亨利八世这个名字让世人战栗,人们视他为怪兽,喷出毁灭的火焰,带来灾难与死亡。但是对这个孩子而言,亨利八世这个名字却只让他感到幸福。想到父亲,男孩回想起来的全是他脸上的温柔和深情,还有许许多多充满爱的往事。小国王沉浸在回忆里,眼泪滚滚而下,心中哀痛不已。就这样,下午慢慢过去,这个被折磨得疲惫不堪的孩子渐渐进入了平静而治愈的沉睡。

过了很长一段时间,男孩自己也不知道究竟有多久,他半醒着,闭着眼睛躺在那儿,模模糊糊地想:我在哪儿?出了什么事?他听到身边有人在小声说话,还有雨点儿单调地敲打着房顶。男孩莫名地感到很舒服,很踏实,可那感觉很快就被粗暴地破坏了。一阵尖利的大笑和嘶哑的哄笑传来,吓了男孩一跳。他拨开头上的稻草,想看看是什么人在喧哗。这时他看到了一幅极为阴森可怖的画面:屋子的另一端点着一堆熊熊燃烧的篝火,旁边围着一群最为恶形恶状、邋遢不堪的恶棍。他们有男有女,一个个或靠或躺,脸被火焰诡异地映得通红。这样的画面国王连在书里都没有读到过,甚至做梦都没梦到过。他们中有五大三粗的男子,因为长期在太阳底下暴晒,肤色发棕,长发披散,衣衫褴褛;几个中等个头的少年,面相凶狠,穿着打扮跟其他男人差不多;那几个瞎眼的乞丐,眼睛上要

么蒙着眼罩，要么绑着绷带；还有几个装着木腿、挂着拐的瘸子；一些受伤的人，伤口包扎得很马虎，脓都流在外面；一个一看就不是好人的背包小贩，一个磨刀匠，一个补锅匠，还有一个赤脚医生，他们都带着各自的行头。女人中有半大的孩子，有豆蔻少女，也有满脸皱纹的老妪。所有人讲话的声音都很响很刺耳，满口脏话，身上都邋遢不堪。

现在天已经黑了。这帮人刚吃完饭，正在喝酒狂欢。他们彼此传递着酒壶，有人突然喊道："'蝙蝠！''拐子！'来首歌吧！"

他们其中的一个盲人站了起来，挪开眼罩，露出了完好无损的眼睛，又把写有不幸身世的板子移走。瘸子也脱掉木腿，露出两条没病没灾的好腿，站在骗子同伙的身旁。接着，他们高声唱起了欢乐的小调，其他人也跟着和声。每个唱段的结尾他们都会特别大声，唱到最后一段时，这场醉酒狂欢便达到了高潮，每个人都加入进来，把这首歌从头再唱一次。邪恶的歌声简直把房梁都震得簌簌发抖。鼓舞人心的歌词如下所示：

今晚多快活，喝吧玩吧闹吧，
可怜的家伙，他已经上路啦，
伦敦人害了他，他上了绞架，

眼睛一闭上，再也起不来啦。

去吧，好姑娘，

去伦敦城外头瞧瞧，

看看那偷你衣服的贼，

是不是在绞刑架上晃荡。

（选自《英国流氓史》，伦敦，1665年）

接着这帮人聊起了天,不过没用歌词里那种难懂的黑话:只有防着外人的时候他们才讲黑话。听聊天的内容,似乎"约翰·霍布斯"并不是新来的,而是早就入伙了。他们要他说说近况。当"霍布斯"说自己"失手"杀了一个人,坏蛋们纷纷表示佩服。他又补充说被杀的是个神父,坏蛋们立马给他喝起彩来。"约翰·霍布斯"跟每个人都喝了一杯,老熟人们高兴地给他接风,新来的小伙计一脸佩服地跟他握手。别人问他为什么"耽搁了几个月",他回答说:"伦敦城比这儿好多啦,这些年也更安全。就是法律太严,管得太紧了。要不是出了那档子事,我根本不想走,就想在伦敦好好过日子,才不要在这儿吃苦头。可那事一出,我也没办法。"

他问现在帮里有多少人了。贼头,就是帮派的首领,回答说:"咱这儿有进屋的,有摸兜的,有诈骗的,有假装夫妻讨钱的,有上街行乞的,再加上那些个妓女老鸨,拢共二十五个人;差不多都在这儿,还有几个往东踩点去了,天亮我们就去跟他们会合。"

"怎么没见着阿尔文?他人呢?"

"可怜的家伙,现在只能吃硫黄啦,还是烫得咽不下去的硫黄![1]有一回,不知在哪儿,他打架被打死了,就在今年夏天。"

"怪可惜的,阿尔文那家伙挺能干,胆子又大。"

---

1. 指他下了地狱。

"谁说不是呢。他的相好黑贝丝还跟我们一起,这会儿跟着往东去了。那女的挺不赖,人好,懂规矩,没有哪个星期喝醉超过四天的。"

"她那人是挺讲究的,这我记得。是个好姑娘,怎么夸都不为过。她那个母亲就有点儿不地道,老太婆最爱找麻烦,脾气又臭,脑子转得倒是不慢。"

"老太婆现在已经没啦。她不是天生就会看手相、算命那一套吗?结果被定了个巫婆罪,给烧死了。上刑场那会儿她可狂了,我看着还有点儿于心不忍呢。老太婆把周围看热闹的全骂了一遍;火腾起来烧着她的脸,点着她那几绺头发,把她的脑袋烧得噼啪响的时候,她还在拼命地骂呢!骂个没停!再等一千年都听不着那么痛快的话喽。唉,她死了,这骂人的本事也失传啦。现在有人会学她骂上两句,不过都很没意思,根本算不上骂人。"

贼头叹了口气,听的人也都同情地叹了口气,一时间大伙儿都有点儿沮丧。就算是他们这样麻木冷酷的法外狂徒,也不是完全没有人类感情的。偶尔,在非常特殊的情况之下,他们还是能感觉到一点儿悲伤和痛苦。眼下这种情况就挺值得难过:有本事的天才走了,手艺却没能传下去。不过等他们再灌下去几杯酒,精神头就又恢复了。

"还有谁遭罪了?""霍布斯"问。

"还有几个,就是新来的那几个小农民。他们的地被征收,改成了羊场，丢了生计，那没办法呀，只能去讨饭，结果被脱光上衣，拴在马车后头挨鞭子，打得哗哗流血，还被套上了脚手枷。后来他们再去讨饭，又被抓起来，这回挨了鞭子，还被削了只耳朵。等他们第三回出去讨饭的时候，哎，也没别的路可走了，他们脸上给烙了印，被卖去当了奴隶。他们就逃啦，这再抓回去啊，立马被吊死了。咱这还算是长话短说，这几个还不算最命苦的啊。约克、博恩斯、霍琦，来吧，给咱看看你们身上的'勋章'！"

这几个人站起来,把破衣服脱掉,露出后背,上头全是纵横交错的鞭痕。其中一个人撩起头发,给大家看缺了一只耳朵的地方。还有一个人露出了肩膀上的烙印,是字母"V",那人的耳朵也是残缺不全的。只听他说道:"我叫约克,从前是农民,还算有点儿小钱,老婆孩子都有。现在,我房子没了,生计没了,老婆孩子全没了。但愿他们去了天堂,去别的地方也行,只要仁慈的老天不让他们留在英国就好!我的老母亲是个清清白白的好人,为了挣点儿面包去当看护,没想到病人死了。医生查不出死因,就说我母亲是巫婆,把她给烧死了!我的孩子们就在边上看着哭啊!这就是英国的法律!来吧,干杯!把杯子拿起来,伙计们,高高兴兴的!咱敬仁慈的英国法律一杯!感谢它救我母亲逃出了英国这活地狱!谢谢伙计们,谢谢你们。

"我挨家挨户地讨饭,带着老婆,还有饿肚子的孩子们。谁能想到啊,在英国,饿肚子也犯法!他们把我们的衣服脱了,用鞭子抽着我们游行了三个村子。再敬仁慈的英国法律一杯!我的玛丽被打得太狠,这倒是挺好的,她解脱了!现在她躺在坟包里,不会再受罪了。还有我的孩子们,法律挥着鞭子把我从一个村子赶到另一个村子的时候,他们就被活活饿死了。碰杯吧,伙计们,咱们倒上一点儿酒,这一滴敬我可怜的孩子们,他们没伤过任何人呀!

"我后来又去讨饭,只不过想讨点儿面包皮,结果就被套上了脚手枷,还丢了一只耳朵。瞧,现在这儿只剩下一点儿啦。我又去讨饭,结果另一只耳朵也只剩下一点儿残根。这提醒我要小心,可我还是去讨饭了,结果被当成奴隶给卖了。瞧我脸上的这块疤,我拼命洗来着,但还是能看到烙铁在脸上留的红印子,是字母'S'!'S'就是'奴隶'的意思!你知道奴隶怎么写吗?开头第一个字母就是'S'!就是这个意思。现在我从主人手里逃走了,要是被抓回去,我就会被绞死。愿上天诅咒定下这等法律的国家!"

就在这时,一个清脆的声音打破了这阴郁的气氛:"你不会被绞死!因为今天我就要废除这条法令!"

所有人都转过了头。只见小国王挺胸抬头,正三步并两步往他们这儿走。等他走近,被火光照亮时,众人才看清他的模样。他们七嘴八舌地问了起来:"什么人?什么玩意儿?小鬼,你是谁?"

那孩子迎着众人投来的惊奇又疑惑的眼神,大大方方、气势十足地回答:"我是爱德华,英国国王。"

这话招来了一阵哄堂大笑。有人是在嘲笑他,有人是觉得这笑话讲得妙。小国王吃了一惊,厉声道:"无礼游民!我赐下这等恩典,你们就是这种反应?"

他还气呼呼地说了好些别的话,伴着激动的手势,可都被疯狂的哄笑声给淹没了。"约翰·霍布斯"好不容易才让这帮人安静下来。他说:"伙计们,他是我儿子。这傻子过去爱做不着边际的梦,现在是彻底疯了。别理他，他以为自己是国王呢。"

"我就是国王，"爱德华对他说，"等时候到了，你会付出代价的。你刚刚承认自己犯了谋杀罪，那得上绞架。"

"你敢告发我？就凭你？看我不打死你——"

"嘿！"魁梧的贼头赶紧出手，救了国王一命。不止如此，他还一拳把"霍布斯"打到了地上。"你可以不给国王面子，但是得给我面子。敢不把我放在眼里，我就亲手把你给吊起来。"接下来，贼头对国王说，"孩子，咱可不能威胁自己人，你得管好自己的嘴，不能在外面说三道四。你发了疯想当国王，那随你高兴，但这事不能碍着别人。不过自称国王这话，你最好还是收回去，那是叛国呀。咱是搞点儿小偷小摸，可还没坏到叛国的地步。对国王，咱们可是忠贞不贰的！这是实话！现在一起来！说'英国国王爱德华万岁！'"

"英国国王爱德华万岁！"

这帮乌合之众扯着喉咙喊了起来，声音大得像是要把屋顶掀翻。小国王顿时面露喜色，只见他点着头，郑重其事地回答："感谢我的人民。"

这出人意料的回答让这帮人笑得东倒西歪。好不容易安静下来，贼头说话了，虽然是出自好意，但口气却不容商量："不许这么说了，孩子。这很傻，很不合适。非要发疯，随便你，但不能自称国王。"

补锅匠突然尖声叫道:"他是白痴王国的疯子一世!"

众人立即认可了这个头衔,所有人都跟着嚷嚷起来。又有人喊道:"白痴王国疯子一世万岁!"随之而来的是嘘声、口哨声和阵阵哄笑。

"拖他过来,给他戴王冠!"

"给他披王袍!"

"给他权杖!"

"让他登基!"

这下二十多个人同时喊了起来!可怜的孩子还没反应过来,就被扣了个锡盆,披了条破毯。他们拉着他坐上木桶,还往他手里放了根补锅匠用的烙铁棍。接着,众人围着小国王,有人跪下,有人装模作样地哭着,还有人用又脏又破的衣袖围裙什么的抹着眼睛,嘴里讨着饶:"发发慈悲吧,伟大的国王!"

"饶了我们这些平民吧,尊贵的陛下!"

"可怜可怜您的奴隶,用您的御脚踢我们一下吧!"

"陛下真像太阳呀!您的光芒把我们身上照得都暖和啦!"

"这片土地被您一踩呀,都变得圣洁啦,咱们要是吃上一口这土,是不是就能做上等人啦?"

"陛下,快赐咱一口唾沫吧!咱孩子的孩子都会传颂您这次微服

私访，世世代代都会感到幸福骄傲！"

最后是补锅匠的笑话夺得了头筹，让这个夜晚的气氛达到了高潮。他先是跪在地上，假装要亲吻国王的脚，小国王气愤地一脚把他踢开，那补锅匠又到处找人要布，说得把脸上挨过踹的地方包起来，绝不能让那儿被粗俗的空气给污染了。以后呀，他就去马路边，让人参观他脸上这块地方，就靠这个挣钱，看一次收一百先令[1]。这帮蓬头垢面的无赖被他逗得差点儿笑晕过去。这补锅匠惹得他们是又佩服又妒忌。

因为愤怒和屈辱，小国王的眼中涌出了泪水。他想："他们为什么对我这么残忍？我又没做什么对不起他们的事，分明是以善心相待，为什么他们要欺负好人呢！"

---

1. 先令：英制旧制货币单位，1先令等于12旧便士。

第十八章
王子和流浪汉

一大清早，这些游民就起床出发了。天边的乌云压得很低，脚下的泥地湿漉溜滑，天气冷得刺骨。昨晚的快活劲儿已经烟消云散。这帮人有的沉着脸一言不发，有的烦躁不安，乱发脾气。没人有心思开玩笑，个个都是口干舌燥。

贼头让雨果负责看管"杰克"。他简单交代了两句，命令约翰·坎提不许靠近这孩子，又警告雨果不能对这孩子太粗鲁。

过了一会儿，天气多少暖和些了，云也散了。这帮人不再冷得发抖，心情也舒畅了起来。他们的兴致渐渐高了，终于能互相开开玩笑，骂两句路人寻开心了。这说明他们又找回了享受生活的乐趣。这帮穷凶恶相的家伙一看就不是好人，路上每个人看到他们都会主动让道，即便挨了骂也只是忍着，根本不敢回嘴。这帮人还会把篱笆上晾着的床单之类的东西直接拿走，有时甚至是当着主人的面，对方也不敢吭声，没准儿还庆幸他们没把篱笆也毁了。

走了一段路，这帮人看见了一家小农户，便大摇大摆地闯了进去。这一家子吓得瑟瑟发抖，为了给这些恶人做早饭，他们差不多把整个储藏室都搬空了。农夫的妻子和女儿给他们上菜的时候，这些恶棍还捏住她们的下巴，用侮辱人的名号称呼她们，说下流话调戏她们，还不时哈哈大笑。他们朝着农夫和他的儿子们扔蔬菜和骨

头，对方只能不停地躲。要是丢中了，这些恶棍就会疯狂地鼓掌喝彩。最后有一个女孩对他们表示出了嫌恶，他们就把黄油抹在了女孩的头上。走的时候，这帮人威胁说，要是敢向当局告发，他们还会再来，把房子连人一起烧掉。

就这样到了中午，这帮人已经走到了挺远的地方。他们都有些累，于是在一个有点儿规模的村子外停下来，靠着篱笆休息。歇了一个钟头后,所有人散开,分头进村,干起了各自的营生。"杰克"被分给了雨果。他们四处晃荡了一会儿,雨果一直想找机会下手,但都没成功。最后他说:"我看这儿没什么可偷的,简直穷得叮当响。咱们还是讨钱吧。"

"什么叫咱们!你想去就去,你本来就是个乞丐。我是绝不会乞讨的。"

"你不乞讨?"雨果惊奇地看着小国王,"你啥时候又投胎了?"

"你什么意思?"

"什么意思?你这辈子不都在伦敦城里当乞丐吗?"

"我?少说蠢话!"

"行啦,连骂人都不会,还是少说两句吧。你父亲明明说你一直在讨饭呀。难道他在瞎说?像你这么大胆的家伙,肯定要说是你父亲在瞎说。"雨果嘲讽道。

"他才不是我父亲呢!没错,他是在瞎说。"

"行了,别玩疯子游戏了。用它找乐子可以,找打可没必要。要是我把刚才那番话说给你父亲听,他肯定会好好抽你一顿。"

"用不着麻烦你,我自己会说。"

"我挺佩服你的,真的,不过你这个脑子实在是不怎么机灵。这辈子咱挨的打、受的折磨还不够多吗?何必自己找罪受呢?算了,不跟你废话。我还是信你父亲。不是信他的人品,他这人当然是经常撒谎的，咱们这儿谁不这样呢！不过聪明人都知道，撒谎这种事是要拿来赚好处的！行吧，可能你是疯病犯了，所以不愿意讨钱，那你说咱们干什么？抢厨房？"

国王恼火地说："蠢话说完了没有？真是惹人烦！"

雨果的火气一下就上来了："听好了，你不肯讨钱，也不抢，行，那就老老实实听我安排。我讨钱的时候，你得在旁边给我打掩护。敢说个不字，有你好看！"

国王刚想讥讽两句，雨果突然打断他："别说话！来了个面善的。等会儿我会倒在地上，那人要是到我身边来，你就演场哭戏，先跪在地上小声哭，然后就得哭得像遭了大难一样。你还要说，'先生，这是我可怜的哥哥，他病了，我们无依无靠，看在老天爷的分上，您发发慈悲，可怜可怜我哥哥吧，他病得这么厉害，真的太可怜啦。您是大富大贵之人，看在上天的分上，赏点儿小钱吧，您会有好报的！'注意，你得一直哭，他不掏钱你就别停，要不然这事成不了。"

接着，雨果马上开始哼唧，一边翻着白眼，一边在地上打滚，一下就把那陌生人引了过来。然后他趴在那人脚边，一边发着抖一边在地上翻滚扭动，显得特别痛苦。

"天哪，天哪，"好心的陌生人喊道，"可怜的人，可怜的人，真是造孽呀。来，我扶你起来。"

"千万别,尊敬的先生,老天喜欢您这副好心肠,可我发病的时候不能碰,一碰就疼得要命。我弟弟会告诉您我发病的时候多么痛苦。只要一便士,亲爱的先生,一便士就行了,我们就能买点儿吃的。别的您都用不着操心了。"

"一便士!当然没问题,可怜的家伙!"那人马上翻口袋拿钱,"给你,太可怜了,拿去吧,用不着客气。过来孩子,我们一起把你生病的哥哥抬去那间屋子,那里有——"

"我不是他弟弟。"小国王突然打断了陌生人的话。

"什么?你不是他弟弟?"

"天哪!"雨果呻吟着,一面暗暗咬着牙,"连亲哥都不认了,他这是要死呀!"

"如果他真是你哥哥,那你这个孩子心肠可真够硬的,你该替自己脸红!瞧你哥哥手脚几乎都动不了了。那你说,他不是你哥哥是什么人?"

"他是个乞丐,还是个贼!他刚才拿了你的钱,还掏了你的兜。我教你一个方法,让你见证一场医学奇迹:用棍子打他的肩膀,剩下的就交给上天吧!"

雨果可没有傻等着那人验证这个奇迹。他马上爬起来,一阵风似的跑了。那位男士追了上去,一边跑一边喊。国王深吸一口气,先是感谢上天给了他自由,然后立即往反方向跑,直到逃出危险范围之前一点儿都不敢放慢脚步。他沿着看到的第一条大路跑出了这个村子，不久便把它远远甩在后头。他继续往前，能跑多快跑多快，就这样跑了几个小时，不断紧张地回头看有没有追兵。最后，他终于不再害怕，一颗心总算是踏实下来了。直到这个时候，小国王才感觉到累和饿来。他想在一户农家歇歇脚，可刚要开口，那家人就打断他的话，不由分说地把他赶走了。这身衣服真让他吃亏。

小国王继续往前游荡。他深感自尊受挫，发誓再也不要受这种气。可饥饿是骄傲的主人，夜幕降临时，小国王又试着找上了另一户农家。这家人待他比之前那家还不如，他们不仅骂他，还说他再不走就叫警官，把他当游民抓起来。

入夜了，四周变得阴沉又寒冷。小国王的脚已经走疼了，可他仍在艰难地缓慢前行。他不能停下来，因为只要坐着，寒冷就会浸透他的身体。小国王就这样走在阴郁的夜色和空旷的大地之间，这是他从未有过的体验。有时他听到人声靠近，与他擦身而过，又渐渐远去，但眼中看到的却只是幽灵般飘忽诡异的阴影，让他毛骨悚然；有时他会瞥见一星半点的光亮，离得很远，仿佛来自另一个世界；有时他隐约听到远处传来羊铃声，又像牛在哞叫，悲伤的声音就这样乘着夜风断断续续飘进小国王的耳朵；有时隔着一眼望不到头的广阔田野和森林，他听到狗儿在哀怨地嚎叫。所有声音都显得极其遥远，小国王感觉自己已远离了一切活物与人迹。在这无边无际的荒野之中，他孤孤单单，无依无靠。

就这样，小国王跌跌撞撞地走着，这种从未有过的体验让他心中充满恐惧。哪怕只是头顶枯叶的微微抖动，都会把小国王吓得浑身战栗，因为那声音活像是人在窃窃私语。走着走着，男孩忽然发现自己被一盏提灯微弱的光照亮了，吓得他赶紧退回黑暗里。那盏灯就挂在一座谷仓的外面，谷仓的大门敞开着。小国王等了一会儿，既没听到声音也没看到人。站着不动实在是太冷了，舒适的谷仓又实在是太诱人了，终于，小国王决心冒险进去。他加快步伐，悄悄往里头走，刚要迈过门槛，便有声音从身后传来。小国王赶紧冲进去，跑到酒桶后蹲了下来。两个农场帮工走进了谷仓，把刚才那盏提灯也拎进来了。两人开始一边干活一边聊天，不时拎着灯走动。借着这点儿亮光，小国王看到谷仓另一头好像有个挺大的马厩。他想等人走了，他可以悄悄摸进到那个马厩里去。他还看到了堆马毯的地方，就在去马厩的路上。小国王打算征用那些毯子，让它们今晚为王室服务。

没一会儿，帮工们就干完活走了。他们闩上门，也拿走了灯。趁着还没被黑暗完全吞没，冻得瑟瑟发抖的小国王赶紧冲到马毯旁边。他抱起马毯，摸着黑顺利找到了马厩。小国王把两条马毯铺在身下，剩下两条用来当被子。现在他已经很满足了，尽管马毯又旧又薄，根本算不上暖和，还带着一股刺鼻的马臭味。

国王又饿又冷，又累又困，但后者逐渐战胜了前者，没过多久，他就迷迷糊糊地睡着了。眼看他就要完全睡熟，忽然，小国王感到有东西在碰他！他一下清醒过来，惊得倒吸一口冷气。黑暗中这神秘的一碰吓得他手脚冰凉，心脏都差点儿停止了跳动。他浑身僵硬地躺着，屏住呼吸侧耳细听。没有动静。他又听了一阵子。似乎过去了很长时间，可还是没有动静。渐渐地，小国王又打起了盹儿。就在这时，他又感到那神秘的东西碰了他一下！这实在是太吓人了，一个看不见、听不到声响的东西一直在轻轻地碰他！莫非是幽灵？男孩吓得几乎魂飞魄散。可问题是，他不知道该怎么办。离开这个舒适的角落，逃出这诡异的恐怖之地？可是逃去哪儿呢？他也不能走出谷仓呀。一想到自己摸着黑在谷仓里乱跑，被四面墙困住，身后还有幽灵在追逐，不时轻碰一下他的脸颊或肩膀，小国王简直快疯了。可待在原地，整晚忍受幽灵的触碰难道更好吗？也不是。那到底该怎么办？是的，现在只有一条路可走。小国王想明白了，他必须伸出手，把那东西抓住！

想着容易，真要鼓起勇气去做真是非常困难。小国王有三次都哆哆嗦嗦地把手稍稍伸进了黑暗中，可每次都立即喘着粗气缩了回来。不是因为碰到了什么，而是因为他觉得自己马上就要碰到什么。第四次他的手伸得远了点儿，碰到了一个柔软又温暖的玩意儿。小国王差点儿被吓死。以目前的心理状态，他只能认为那就是一具尸体，因为刚死所以还热乎着。他认为自己宁可去死也不会再去碰一下。可他错了，他还不知道人类的好奇心有多么强大。没过多久，和预想的相反，他的手在不知不觉间又哆哆嗦嗦地伸了出去，像刚才那样慢慢往前探，这回摸到了一绺长毛。小国王全身都在抖，但还是顺着毛继续摸，随即发现毛后面似乎连着一条热乎乎的绳子。顺着绳子再往下摸，小国王终于明白过来，那是一头无辜的小牛！哪有什么绳子呀，那是小牛的尾巴。

被吓得那么厉害，只是因为一头熟睡的无辜小牛，小国王心里挺惭愧的。其实他没必要自责，可怕的当然不是小牛，而是来自未知的恐怖。在那样迷信的年代，换作任何一个小男孩都会和小国王刚才一样害怕。

那不过是一头小牛，小国王真的太高兴了。有这样一头小牛做伴真的让他觉得很幸福。他现在太孤独，太凄凉了。只要能有伙伴，哪怕对方只是小动物都好。这一路，小国王始终受到人类的欺凌和粗暴的对待，在他看来，小牛才是真正的慰藉。他终于有伴儿了，即使这个同伴没有什么所谓的高尚品德，但它有一颗善良的心和一个温柔的灵魂。小国王决定放下架子，和这头小牛做好朋友。

他抚摸着小牛光滑温暖的后背。小牛就躺在小国王身旁，他一伸手就能摸到。忽然想到小牛还能派上别的用场，于是他挪动"床褥"，铺到小牛身边，好让自己能靠着小牛，再把毯子盖在自己和朋友身上。很快,小国王就感到又暖和又舒服,简直像躺在了威斯敏斯特王宫的绒毛卧榻上。

小国王放松下来,他似乎又找回了活着的乐趣。现在没人逼他去犯罪,他也远离了那帮粗鲁可怕的法外狂徒。身上暖和,又有地方睡觉,总而言之,小国王这会儿感到很幸福。夜晚的风刮得更紧

了，一阵阵地吹得旧谷仓嘎吱作响。有时风力减弱，便会绕着屋脚和房檐呜呜地低吟。但是对小国王来说，那风声就像音乐一样好听，因为现在他很舒服，很安心。风尽管肆虐吧，吹打吧，哭号吧，他已经不害怕了，也能欣赏这美妙的风声了。现在他已经用不着紧抱他的小伙伴，因为小床已经变得十分暖和。

很快，小国王心满意足地进入了无梦的沉睡中，尽情享受着这份平静和安宁。远处，狗在嚎叫，可怜的母牛发出哀鸣。狂风继续肆虐，很快密集的雨点便敲打起房顶，可英国国王仍然睡得很香甜，这一切完全没有影响到他。小牛也睡得很安稳平静，它是非常单纯的生物，不会为暴风雨烦心，也不会因为跟国王睡在一起而感到羞耻。

第十九章
王子和农民

早上醒来时，小国王发现有一只湿淋淋的机灵小老鼠半夜钻进谷仓，在他怀里做了个舒服的窝。小老鼠被惊醒后立刻逃跑了。小国王微笑着说："可怜的小傻瓜，你在害怕什么呀？我跟你一样凄惨。我可不会伤害无依无靠的家伙，因为我自己现在就是无依无靠的呀。再说了，你可是给我带来了好兆头，我还欠你一句谢谢呢。如果国王已经落魄到连老鼠都在他身上做窝，这意味着马上他就要否极泰来，因为他已经掉到人生的最低谷啦。"

小国王起身走出马厩，就在这时，他听到小孩子的声音传来。谷仓的门打开了，两个小女孩走了进来。她们一看到国王便停止了说笑，站在原地好奇地盯着他瞧。两人交头接耳地说了几句，然后走近两步,又停下来,一面打量小国王一面小声讨论。过了好一阵子,女孩们才壮起胆子,放声议论起来。其中一个说:"他长得挺不赖。"

另一个补充说:"头发也漂亮。"

"但是穿得可真破。"

"他好像几天没吃饭了。"

女孩们又靠近了一点儿,放轻脚步,害羞地在小国王身旁绕了一圈,把他上上下下打量一番,好像他是什么稀奇的动物。同时她们也保持着警惕,因为她们也有点儿担心他会像动物似的随时咬人。最后女孩们站在小国王面前,手拉着手权当防卫,但脸上是一派纯真。其中一个女孩大着胆子问道:"你是谁?"

"我是国王。"男孩严肃地回答。

女孩们吓了一跳。她们瞪大眼睛,一时半会说不出话来。最后还是好奇心打破了沉默:"国王?什么国王?"

"英国国王。"

女孩们对视一眼,扭头看看小国王,又看看对方。显然,她们已经完全摸不着头脑了。其中一个说:"你听到了吗,玛格,他说自己是国王,是真的吗?"

"他说的肯定是真的,普丽,要不,他就是在撒谎。想想吧,普丽,一句话如果不是真的,肯定就是撒谎。就是这个道理,你想想看,因为只要不是真话,肯定就是谎话。再也没有别的解释了。"

玛格的论点很严密,可以说一点儿漏洞都没有。半信半疑的普丽完全被说服了,她想了想,觉得国王应该不会撒谎,便提了一个简单的要求:"你说你真的是国王,我就信你。"

"我真的是国王。"

事情就这么定了。她们认可了国王陛下尊贵的身份,再也没有多问。两个小女孩接着问他为什么会上这儿来,为什么穿的衣服不像国王穿的,之后要去哪儿等一大堆问题。小国王松了口气。他终于能在不被人嘲笑或怀疑的前提下吐吐苦水了。他动情地说出了自己的故事,一时间甚至忘了自己还饿着肚子。听完他的故事,两个温柔的小女孩对他表示了深切的同情。等小国王说完昨天的事,女孩们才知道他已经很长时间没吃饭了。于是她们打断小国王的话,急急忙忙地拉着他回家吃早饭。

小国王很感动,心想:"日后回了宫,我得永远记着这件事:必须尊重儿童。我落难的时候,只有他们愿意相信我。成年人都是自作聪明，只会嘲笑我，说我撒谎。"

女孩们的母亲热情地接待了小国王。她非常同情这个孩子，他悲惨的遭遇和显然不大正常的脑子让这个女人觉得他十分可怜。这女人是个寡妇，家里也穷，所以也遇到过许多难事，也就能理解同样不幸的人。她觉得这个疯疯癫癫的孩子肯定是从朋友或亲人身边走失了。她想问清这孩子的来处，好找机会送他回去。她把附近的村镇都提了一遍，又问了许多问题，可全都是白费力气。男孩的表情和回答都说明他压根儿不认识那些地方。他好几次说到了王宫，那态度不像是撒谎。尤其说到逝去的国王，也就是所谓"父王"的时候，他不止一次情绪失控。可一旦女人转移话题，聊起田间地头，这孩子就失去兴趣，一言不发了。

女人很疑惑，但她没有放弃。她一边做着饭，一边在心里盘算，看来必须要点儿手段才能把这孩子的实话给套出来。女人聊起了牛，男孩显得漠不关心；她又聊起羊，结果还是一样。看来这下猜得不对，这孩子没做过牧童。女人聊起了磨坊、织布、补锅、打铁、做买卖等许多营生，还说到了精神病院、监狱和孤儿院，可没得到一点儿回应。但也不是全无收获，女人认为自己已经成功地把范围缩小了，现在只剩家务活儿没提。她觉得这个方向应该是没错的，这孩子肯定是哪家的仆人。女人把话题往那引，结果依然令人失望。这孩子似乎懒得聊什么打扫，对生火也没兴趣，讲起擦擦洗洗的时候，表情更是漠不关心。就在女主人几乎想放弃之际，她提了一嘴烹饪。结果令她大喜过望，小国王的眼睛马上就亮了！可让她逮着了！女人很得意，圈套设置成功！到底是把这孩子的实话给引出来了。

之前一直是那女人在说，现在她终于可以休息了。饿得头昏眼花的小国王听着锅碗瓢盆的声音，闻着扑鼻的香气，一下就敞开了心扉，滔滔不绝地细数起他吃过的美味佳肴。女人听了三分钟就对自己说："我猜对了，他以前在厨房里做过帮工！"小国王一个接一个地报着菜名，兴致勃勃地说着它们是多么好吃。这下女主人又犯起了嘀咕："老天！他怎么吃过这么多高级的大菜？那可都是王公贵族才吃得起的呀。哦，我明白了！我怎么跟他一样糊涂了，他发疯前肯定是在宫里干活的。没错，他是御厨的帮工！我来试试他。"

女人想证明自己的判断是对的，便叫小国王帮她看一下锅——还暗示说，如果他愿，可以帮忙做一两道菜。接着女人走出房间，示意女孩们也跟出来。只听国王咕哝道："很久很久以前，有一位英国国王也因人家的吩咐下过厨——既然阿尔弗雷德大帝能屈尊做蛋糕，那我来做饭也不算有辱名声。不过我得认真一些，要对得起这份托付，因为大帝那时候可是把蛋糕给烤煳了。"

小国王虽然想得很好，实际干起来却力不从心。这个国王和那一位国王一样，很快陷入沉思，考虑起国家大事来。他的成果同样

很糟糕——锅子着火了。女人赶紧跑回去,及时拯救了这顿早餐,否则他们什么都吃不上了。女人气得把小国王大骂一通,男孩这才回过神来,发现自己辜负了这份信赖。小国王十分沮丧,看他那样子,女人心软了,又用温柔的态度对待他。

男孩心满意足地美美吃了一顿。现在他重新振作了精神,心情也变好了。这顿早餐很特别,因为双方都认为自己是在屈尊俯就,并且都没有察觉自己得了恩待。女主人本想给这个流浪小孩装一点儿剩饭,让他去角落里吃。流浪汉和狗向来都是这种待遇,可因为刚才骂了这孩子,女主人心里有愧,本着弥补的心情,她便允许这流浪儿跟自家孩子坐在一起,和她们吃一样的东西。至于小国王,这家人待他这么好,他却办砸了女主人委托的事,心里很悔恨,也就咬着牙屈尊跟他们坐在了一起,没有按国君礼节,要她们站着伺候,自己一个人坐着。你看,偶尔打破常规对人是有好处的。因为对流浪汉表现出了慷慨,女主人一整天都很高兴,为自己暗暗叫好。因为对卑微农妇表现出了谦逊,国王的内心也是扬扬得意。

吃完早饭,女主人吩咐国王洗碗。起初国王吃了一惊,差点儿就要反对,但他转念一想:"阿尔弗雷德大帝烤过蛋糕,肯定也洗过盘子,那我也试试吧。"

这活儿他干得相当差劲,连小国王自己也没想到。他本以为把木头勺子和盘子洗干净是再容易不过的事情,可没想到又累又麻烦。等终于洗完,他已经迫不及待地想重新上路了。然而,这位妇女本着物尽其用的想法,可不会轻易地放他走。她给小国王安排了一大堆鸡零狗碎的活。虽然小国王干得只能说是马马虎虎,但还是受到了一些表扬。接着女人让他和女孩们一起摘晚熟的苹果,小国王实在是不利索,女人只好改叫他磨刀,后来又让他纺羊毛。小国王认为,在干农活这件事上,自己展现出的英雄气概已经很足够了,绝对超过了阿尔弗雷德大帝,完全值得在史书中留下浓墨重彩的一笔。所以,他就不太想继续了。

在那之后,他们刚吃完午饭,女主人把一篮子小猫递给小国王,叫他把猫拿出去淹死。这下小国王果断选择不干了,他认为有必要表明底线,淹死小猫咪正是这条底线。他刚想抗议,有人来了。那人正是约翰·坎提,他背着小贩的背包,和雨果一起。

恶棍们正往前门走,还没看到小国王,可小国王先看到了他们。他再也没提底线的事,马上拎起那篮小猫,一言不发,悄悄地从后门走了出去。他把小猫放进屋外的厕所,然后沿着屋后的小路逃之夭夭。

第二十章

王子与隐士

那户人家的篱笆很高,能帮他挡住来自前门的视线。由于内心强烈的恐惧,小国王拼尽全力逃往远处的树林。他一口气跑到树林边上后,才回头看了一眼,隐约可见远处有两个人。这就够了,用不着仔细分辨,小国王抓紧时间继续逃跑,一刻也不敢放松。直到跑进昏暗的树林深处,他才感觉自己脱离了危险。他竖起耳朵听了一阵子,四周寂静无声,甚至让人感到有些恐怖和压抑。隔了很久,小国王的耳朵才能勉强捕捉到一点点声响。可这声音是那么遥远,那么空洞神秘,似乎根本不是来自人世的声音,而是亡魂的哀泣与呻吟,因此比这一片死寂更让人毛骨悚然。

本来小国王的打算是今天就留在这儿不走了,可流了汗的身体

很快就开始发冷,最后为了暖和起来,他不得不继续移动。他径直朝前走,本以为很快就能穿出林子,走上大路,可结果却令他失望。他不停地走啊走,可越走林子越密。渐渐地,天色变暗,小国王知道马上就要入夜了。一想到要在这样诡异的地方过夜,小国王不禁打了个寒战。他想加快速度,反而越走越慢;因为看不清路,他每一脚踩出去都稀里糊涂,不是被树根绊倒,就是被藤蔓缠住。

当他终于捕捉到一线光亮时,小国王是多么欣喜!他谨慎地走近,不时还停下来看看周围,听听动静。那光亮来自一扇没装玻璃的窗户,原来是一座寒酸的小屋。小国王听见有人说话,下意识想逃走,可马上改了主意,因为他听见那人是在祷告。他悄悄走到窗子旁边，踮起脚尖偷偷往里看。屋子很小，地面是已经踩得很结实的泥巴地；角落里有张床，垫着灯芯草，铺着一两条破毯子，床边放着提桶、杯子、脸盆和两三副碗筷；屋里还有一张短条凳和一把三腿凳；壁炉里柴火的余烬阴燃着，一根小蜡烛照亮了桌面。一个上了年纪的男人跪在圣坛前，身边摆着一只旧木盒，上面放了一本摊开的书和一个人的头骨。那男人骨架很大，头发和胡须都很长，并且都是雪白的。他穿着一身绵羊皮做的长袍。

"是一位圣洁的隐士！"小国王心想，"这下真是走运了。"

那隐士站了起来。小国王敲了敲门。只听一个低沉的声音回答道:"进来——但是不要带上罪孽,因为你即将踏入圣地!"

小国王进了门,站在门口。隐士用一双炯炯有神、惴惴不安的眼睛看了他一会儿,然后说:"你是什么人?"

"我是国王。"小国王的回答很平静,很简单。

"欢迎国王!"隐士激动地高喊,接着便热切地忙活起来,嘴里不住地说着"欢迎,欢迎"。他把条凳摆到壁炉前,拉着国王坐下,还给炉子添了几根柴。接着,他在屋里紧张又兴奋地踱起步来。

"欢迎!许多人到我这儿寻求过庇护,可他们都不配,都被我赶走了。现在国王卸下王冠,鄙夷浮华,穿上破衣裳,愿意身体力行,将一生献给神圣的苦行生活,他就值得我来迎接!他可以在这里停留,直到死神来临。"小国王急忙打断隐士,试图跟他解释,可隐士却完全无视小国王,甚至就像根本没听到他说话,自顾自地高声说个不停,而且越来越激动。"在这里,你能得到安宁,没人找得到这个庇护所,没人能打扰你。既然上天决定让你远离那种空虚愚蠢的生活,就再也没人能把你领回去。你要在这里祷告、研习,反思世间的愚行与幻象,品味即将拥有的崇高。你的食物只有面包皮和野菜,每天还要用鞭子抽打肉身以洁净灵魂。你要贴身穿着粗毛衣服,除了水不喝别的东西,这样你才能获得安宁,是的,完全的安宁。来找你的人都会受到阻挠,都会退却,他们找不到你就没有办法玷污你。"

老隐士始终来回踱着步，但不再高声说话，而是开始喃喃低语。小国王抓住这个机会，连珠炮似的解释起了自己的情况，因为他感到了一些不安和恐惧。隐士对此充耳不闻，仍在喃喃自语。他就这么嘀嘀咕咕地走到小国王身边，突然动情地说："嘘！我要告诉你一个秘密！"他俯下身准备吐露这秘密，突然又停了下来，好像在听什么，接着他蹑手蹑脚地走到窗前，探出头在暮色中张望了一阵子，最后才又蹑手蹑脚地走回来，凑到小国王耳旁，低声说："我是一名大天使！"

国王吓坏了，心想："上天哪，我怎么又进狼窝了！唉，这回碰到的是个疯子！"他越想越害怕，脸上不由自主地露出了恐惧的神色。

隐士压低声音，但难掩激动的心情："你感受到我的能量了吗？我看你好像有点儿怕我！人类都害怕我，因为这是来自上天的能量！一眨眼的工夫我就能在天地之间走个来回。我就是在这间屋子里被任命为大天使的。五年前，天使降临，把这个神圣的重大职责委任给我。他们降临时，屋子亮得都睁不开眼。他们朝我跪拜，小国王！真的，朝我跪拜！因为我比他们的地位还要高。后来我还去了天上的神殿，跟长老们谈了话。摸摸我的手——别害怕——摸一下吧。这就对了！——你现在摸过的，可是亚伯拉罕、以撒还有雅各握过的手！我去过金色的神殿，我亲眼见过神！"说到这儿，为了烘托气氛，他还故意停顿了一下。接着他脸色一变，一边踱步一边开始生气："没错，我是大天使，但只是区区大天使！我本该做教皇的！千真万确。有一回做梦的时候，天神就是这么跟我说的，就在二十年前。没错，我是要当教皇的！我本来就应该做教皇，这是天神的决定。可国王把我的修道院解散了，让我这个贫穷低微、无亲无故的修士无家可归，还破坏了我神圣的使命！"说到这里，他的声音又变低了，还开始对自己发火，用拳头砸着前额，有时恶狠狠地咒骂，有时又可怜兮兮地说："为什么只能做一名大天使？我应该当教皇！"

那人就这样折腾了一个小时，可怜的小国王坐在一旁一声不吭地听着。突然间，老人的疯劲儿烟消云散。他回到之前温和的模样，声音也变得柔和起来，仿佛转眼就走下了疯癫的云端，像普通人一样跟小国王聊起了家常。不多时小国王的戒心也消除了。老修士让男孩坐得离壁炉近些，那样更暖和。接着，他灵巧又温柔地给男孩身上的淤青抹药，还帮他包扎伤口。接下来，老人开始做晚饭，中途始终在跟小国王聊天，偶尔还会摸摸他的脸，拍拍他的头。他的动作显得那么轻松随意，很快就抵消了刚刚大天使给小国王带来的恐惧和警戒，让小国王对老人又重新感到尊敬和亲近。

晚饭吃得很愉快，之后，他们在圣坛前祈祷。隐士把男孩带进隔壁的小房间睡觉，还像最温柔的母亲那样亲密地给小国王盖好被子，给他晚安吻。之后，隐士走出小房间，坐回壁炉旁，心不在焉地用棍子拨弄起了燃烧的柴火。突然，他停下动作，手指轻敲前额，像是刚才忘了什么，可是这会儿有点儿想不起来了。这时他猛地站起身，走进小客人的房间，说："你是国王？"

"是的。"小国王已经快睡着了。

"哪儿的国王？"

"英国国王。"

"英国国王？那么说，亨利死了！"

"唉，是的。我是他的儿子。"

隐士一下眉头紧锁，他愤恨地捏住自己瘦骨嶙峋的手，站在原地喘着粗气，还不停地咽着口水。接着他用嘶哑的声音说："你知道吗，就是他把我们赶出去，让我们无家可归的！"

没人回答。老人俯身看了看那孩子平静的面庞，听了听他平稳的呼吸。"他睡着了，睡得真香。"隐士放松紧皱的双眉，露出满足的邪恶表情。见男孩在睡梦中微笑，隐士便咕哝着："他还挺高兴。"接着，他离开房间，蹑手蹑脚地在外屋转来转去，这里找找，那里看看，不时停下来听听动静，甚至还会猛地扭头，飞快地朝床那边瞥上一眼。整个过程他都在嘀嘀咕咕、自言自语。终于，他找到了想要的东西——一把生锈的刀和一块磨刀石。接着，他轻手轻脚地回到壁炉边坐下，一边轻轻地在这磨刀石上磨刀，一边自言自语，偶尔有几个字说得特别大声。孤零零的小屋外，风儿发出叹息，远方传来夜晚神秘的声响。大胆的老鼠们从藏身的墙角探出头，闪亮的小眼睛盯着那老人看；而老人只是全神贯注地磨刀，对周遭的事物完全置之不理。

磨了好一阵子，他用大拇指轻轻抹抹刀锋，满意地点点头。"磨得更锋利了，"他说，"没错，更锋利了。"

老人丝毫没有察觉到时间的流逝，只一味磨着刀，想着他的心事，偶尔情不自禁地脱口而出："他的父亲让我们遭了殃，是他毁了我们——现在，他下到地狱的烈火中去了！没错，他在地狱的烈火中！他从我们手里逃了，但这是上天的意志，没错，是上天的意志，我们不能有怨言。可他逃不出地狱的烈火！没错，他逃不出地狱的烈火，那火吞噬一切，毫不留情，并且会燃烧到永远！"

他就这样磨着刀，咕哝着，有时发出刺耳的尖笑，有时蹦出这么几句："都怪他的父亲！就是因为他，我只做了大天使。我本该是教皇！"

小国王动了动。隐士悄无声息地跑到床边，双膝跪地，把刀高高举起。那孩子又动了动，眼睛睁开了一点儿，但是虚着焦，什么也没看着。接着，平静的呼吸声再次传来，小国王又睡熟了。

隐士竖起耳朵，瞪大眼睛，屏息凝神，始终保持着刚才的姿势，过了好久才慢慢放下胳膊，悄悄地走开了。他说："夜深了，大喊大叫可不行，万一有人路过就糟了。"

隐士在小屋里蹑手蹑脚地走来走去，这里找块破布，那里拿条绳子，又在另一处找到了第二根绳子。接着他回到小房间，小心翼翼地把小国王的脚踝绑到一起——没把他弄醒。接着他想绑手腕。他把孩子的两只手放在一起，几次都是刚想打结，男孩就把手抽走或是放下了。这位大天使眼看就要放弃。突然，男孩自己把双手交叉在一起，隐士立即把它们绑了起来。接着，他用一根布条绕过熟睡着的男孩的下巴，并在后脑勺打了个死结。这一系列动作他都做得轻柔灵巧，有条不紊。男孩全程都在熟睡，完全没有醒来。

第二十一章
亨顿前来拯救

　　老隐士弯着腰，像猫一样轻手轻脚地走开，然后把一只矮凳端了进来。他坐上去，一半身子被微弱的火光照亮，一半身子淹没在阴影里。老人目不转睛地盯着熟睡的孩子，开始耐心地监视。他完全忘记了时间，只轻轻磨着刀，低声自语，不时轻笑。不论模样还是动作，他都像极了一只怪模怪样的灰白大蜘蛛，贪婪地注视着被蛛网困住的那只束手无策的不幸小虫。

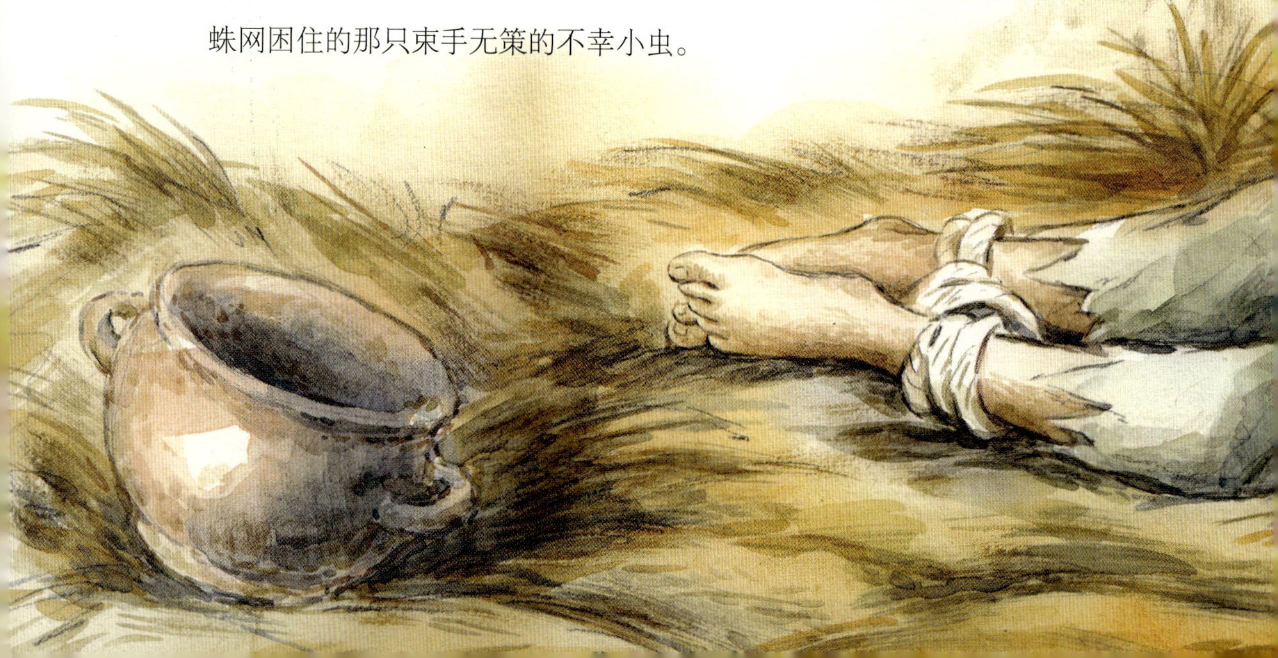

就这样，老头在床边盯了很久，渐渐地有点儿眼神涣散，神游天外了，不过他始终没有离开监视的位置。突然，他发现男孩睁开了眼睛，并且一下就瞪得很大，惊恐万状地看着那把刀。老头露出了邪恶的笑容。他没有改变姿势，也没有挪地方，他问："亨利八世的儿子，你祷告了吗？"

男孩徒劳地挣扎着，被紧紧堵住的嘴里挤出几丝闷喊。隐士把那喊声理解为肯定的回答。

"那就再祷告一次，死前的祷告！"

男孩打了个冷战，脸唰地白了。他又开始拼命挣扎，不停地扭身蹬脚，希望能把绳子拽松。可不论他挣扎得多么激烈，最后都是徒劳无功。老头始终面带微笑地俯视着他，一面点着头，一面平静地磨着刀，不时咕哝着："多么宝贵的时刻，多么珍贵的时刻！做死前的祷告吧！"

男孩从嗓子眼里发出一声绝望的呻吟。他停止挣扎，喘着粗气哭了起来。一颗颗泪珠扑簌簌地从脸庞滚落，可这副凄惨的模样并没有让这个野蛮的老头心软。

现在已经是黎明时分。隐士发现天快亮了，不禁有些紧张。他厉声说："我不能再沉湎在这种极乐的享受之中了！夜晚已经结束，简直像是一眨眼的工夫！今夜要是有一年那么长该多好！你，教堂破坏者的后代，闭上那时日无多的双眼吧，这将是最令你恐惧的——"

余下的话全是含糊不清的咕哝。老头跪在地上，高高地举起刀，朝呻吟的男孩压过去。

等等！小屋外头好像传来了声音。隐士手中的刀掉到了地上。他拿起一张羊皮盖住男孩，哆哆嗦嗦地冲了出去。声音渐渐靠近，能听出来是有人在怒吼，接着又传来挨打的声音，还有人大声喊救命。接着，有一串急促的脚步声渐渐远去。紧接着，小屋门口传来了震耳的敲门声，有人在喊："有人吗！开门！赶紧开门！"

噢！在小国王听来那喊声简直如仙乐般动听！因为那是迈尔斯·亨顿的声音！

隐士没办法，只能愤恨地咬着牙走出内室，把门关上。很快，小国王便听到那间所谓的祈祷室里传来了说话声。

"尊敬的神父大人，孩子在哪儿？我的孩子在哪儿？"

"什么孩子，我的朋友？"

"什么孩子！神父大人，别撒谎，别蒙我！我可没心情开玩笑。我在这里抓到了那两个恶棍，就是他们偷走了我的孩子，我逼着他们招认了！他们说孩子又跑了，他们一路跟过来，发现是进了你家的门。他们给我看了孩子的脚印。别想蒙混过关！神父大人，你必须把他交出来！孩子在哪儿？"

"哦，大人，我想您说的是昨晚到这儿来歇脚，自称来自王室的

那个小乞丐吧？您这么尊贵的大人怎么会对那样的乞丐感兴趣？好吧，我叫他出去帮我跑腿了，很快就会回来。"

"很快是多久？你别想拖延时间，我来就是为了带他走的。他什么时候回来？"

"别急，大人，很快就回来了。"

"那行。那我就等着。不对！你让他去跑腿？就凭你，这绝对是撒谎！他不会替你跑腿的。你敢这样侮辱他，他非拔掉你的白胡子不可。你撒谎了，朋友。绝对撒谎了！他不可能替你跑腿，他不会替任何人跑腿。"

"不会替任何人，没错，这是当然。可我不是人。"

"什么？我的老天，那你是什么？"

"这是个秘密，你千万不能告诉别人。我是大天使！"

迈尔斯·亨顿不禁哈哈大笑，这举动多少有点儿对上天不敬。接着他说："那倒是符合那孩子的教养！没错，我知道他绝不会伺候任何凡人，但是，上天哪，就算是国王也得服从大天使的命令！让我——嘘！什么声音？"

他们谈话的过程中，小国王一直在屋里发着抖，一半是因为害怕，一半是因为怀抱希望而感到激动。他一直在拼命地呻吟，指望亨顿能听见，可每次他都痛苦地发现声音根本没传出去，至少没能引起亨顿的注意。因此，当他听到自己的仆人说出刚才那句话时，小国王简直如绝境逢生。他再次用尽全力呻吟起来。就在这时，隐士说："什么声音？我只听到风声。"

"也许是风声吧。没错，好像是风声。我一直隐隐约约听到——又来了！不是风声！真怪！快，咱们找找什么在响。"

小国王几乎要喜极而泣。他的肺已经累坏了，但他还是怀着最大的希望拼命喘着粗气喊着。可是，被紧紧堵住的嘴巴和盖着的羊皮还是让一切以悲剧收场。呼叫声实在太微弱了。可怜的小家伙，心彻底凉了，因为他听到隐士说："啊，是外头的声音，应该是林子那边传来的。走，我带你过去。"

小国王听见他们边说边往外走，很快脚步声便完全消失了。他一个人被留在了一片死寂之中。

好像过了一个世纪，小国王终于再次听到有脚步声和交谈声传来。这回还多了一种声音，像是蹄子踏在地上。这时小国王听到亨顿说："我不等了，干等下去不是个办法。他肯定在密林里迷了路。他往哪个方向走的？指给我看。"

"他——等等，我跟你一起去找。"

"好呀！没想到你看着不像好人，心肠倒是挺不错，这倒有点儿善良大天使的意思。你是要骑我给那孩子备的驴子，还是愿意高抬圣腿，坐我那头坏脾气的骡子？这骡子我是买亏了，哪怕是失业锡匠借的那一毛钱高利贷的每月利钱，它都不值！"

"我不骑骡子,也不要那驴。我更相信自己的脚,我要走路。"

"那就得请您帮我牵一下那头小驴。现在命运可掌握在我自己手里了,祈祷吧,但愿我能安然无恙地骑上这头大骡子。"

之后传来了杂乱的踢踹声、拍打声、蹬踏声和蹦跳声,还掺杂着一串咒骂与呵斥。最后伴随着一声怒喝,骡子想必是被彻底击垮了。因为自那之后,"战斗"似乎便已宣告结束。

被绑住的小国王有苦难言,只能听着谈话声和脚步声渐行渐远,直到完全消失。现在没希望了,小国王万念俱灰。"我唯一的朋友上了他的当,被他支走了,"他想,"那老头马上就会回来,然后他就要——"想到这里,小国王倒吸一口凉气,立即开始疯狂地挣扎,想挣脱束缚。终于,他挣脱开了那张闷人的羊皮。

就在这时,他听见门开了!这开门声吓得他浑身冰凉,就好像刀已经架在了他的脖子上。他因为害怕紧闭双眼,又因为害怕而睁开——站在他面前的是约翰·坎提和雨果!

要是说得出话,小国王此时一定会说:"感谢上天!"

这两个人立刻给他松了绑,接着一人捉住一只胳膊,裹挟着他全速往树林逃去。

第二十二章

惨遭背叛

"疯子一世"又跟流浪汉和法外狂徒们混在一起了。他成了一个活靶子,忍受着他们粗鲁的耍弄和愚蠢的玩笑。有时,趁贼头不注意,怀恨在心的约翰·坎提和雨果还会打他几拳。实际上,除了约翰·坎提和雨果,其他人并没有那么讨厌他,甚至有几个还挺喜欢他的。准确说来,大家都很佩服他的勇气。

刚回来那几天,负责看守他的雨果总在想办法找小国王的碴儿。晚上例行喝酒狂欢时,雨果总是假装不经意地去羞辱小国王以娱乐大家。他连着踩了两次小国王的脚趾,当然,他说自己是不小心的。小国王两次都表现出了君王风度,没跟他计较。可雨果第三次想玩这个把戏时,小国王却用棍子把他打倒在了地上,逗得众人哈哈大笑。雨果又气又羞，一跃而起，抓起棍子，恼火地朝着小敌人冲了过来。众人立即围住了这两名角斗士，一边起哄一边下注。

然而可怜的雨果并没有胜算。他像个笨拙的新手，动作虽然疯狂，却完全施展不开，因为他面对的是经由欧洲一流剑术大师训练过的对手。无论单棍还是六英尺棍，各类剑术，小国王都很精通。只见他稳稳挺立，目光如电，又带着几分优雅和从容。面对雨果拼命挥舞的棍子，他灵巧而精准地接招或躲避。围观群众对小国王佩服得五体投地。时不时地，只要他那双眼睛娴熟地发现了一丝空当，便会闪电般地给雨果的脑袋来上一击，随后就会响起雷鸣般的欢呼声和笑声，几乎要掀翻屋顶。他们就这样打了十五分钟，雨果被打得浑身是伤，沦为众人无情的笑柄，只能灰溜溜地缴械投降。而咱们的战斗英雄是毫发未损，还被众人举起扛在了肩上。欢乐的流浪汉们把他送到了贼头身边，那可是荣誉之位。他们大张旗鼓地给他加冕，称他是"斗鸡国王"。"疯子一世"，这个刻薄的称呼从此失效，今后谁再那样叫他，就会被贼帮开除！

可小国王并不打算为贼帮效力。他固执地拒绝跟他们同流合污。不仅如此，他还总想着逃跑。他被抓回来第一天，他们就派他偷一间无人看管的厨房，可小国王不但什么都没偷，还打算叫醒房子的主人。他们派他给锡匠打配合，他不仅不帮忙，还拿着烙铁棒威胁锡匠。光是看住他不让他逃跑就让雨果和锡匠忙不过来了。要是有人阻碍他的行动自由或者强迫他干活,小国王就会大发君威。他们叫他跟一个邋遢妇人和一个生病的婴儿去街上讨饭,雨果负责监视,可结果还是不尽如人意——他拒绝行乞,也拒绝以任何形式配合。

几天过去了。这种悲惨疲惫、卑劣野蛮的流浪生活渐渐让我们的小囚犯忍无可忍。他甚至觉得从隐士刀下逃生来到这里,只能算是死刑的缓期执行。

不过,一到夜里,小国王便能在梦中忘记烦恼。在梦里,他又登上王位,重拾国王的身份。当然,这样的梦只会让他醒来以后更加痛苦。从被抓回来那天起,直到跟雨果决斗的这天,每天早上小国王都会觉得自己的生活比前一天更加屈辱,更加苦涩,更加难以忍受。

从决斗之后的那天早上起,雨果一睁眼就开始琢磨该怎样报复小国王。他设计了两套方案。既然那个家伙这么傲慢,还幻想自己是国王,那么狠狠地羞辱他就是对他最好的打击。要是那样还不够,他的另一套方案就是让小国王卷入某项犯罪。他会把小国王供出去,让法律去惩罚这个家伙。

第一套方案是给小国王腿上弄道"疤

口",这对他来说肯定是极大的羞辱。只要能弄出"疤口",雨果就打算跟约翰·坎提联手,赶着小国王去公路上讨饭。

"疤口"是黑话,指的是人工做出来的假伤口。做"疤口"需要干石灰、肥皂和一些铁锈屑。把这些东西糊在一块皮子上,再用它紧紧地包住腿,那些东西很快就会把皮子腐蚀,样子是很可怕的。还得把血抹在边上,血干了以后颜色会变黑,这样伤口看起来会更恶心。最后,还要在"疤口"上包一块脏兮兮的破布,得故意包不紧,把那块可怕的溃烂的"疤口"露出来,这样才能引起路人的同情。

锡匠是被小国王拿烙铁威胁过的,因此雨果的方案得到了他的支持。两个人借口要男孩给锡匠帮忙,把小国王带出了人们的视线,接着,他们便把他推倒在地。锡匠按住小国王,雨果把抹着药膏的皮子紧紧地包在了男孩的腿上。

小国王愤怒地大叫起来，发誓说一旦拿回权杖，一定要判这两个人绞刑，可他们一直按着他不撒手，美滋滋地欣赏着小国王徒劳挣扎的模样，对他口中的威胁嗤笑不已。药膏很快便开始侵蚀皮肤，眼看就要完成它的任务。突然有人来了。那个当过"奴隶"、诋毁过英国法律的男人走了过来，结束了这场闹剧，把药膏和绷带都扔得老远。

小国王向救他的人要了一根棍子，他想当场给这两个恶棍一点儿颜色瞧瞧。但那人说不行，这样会很麻烦，得等到晚上。到时候贼帮的人都在场，也不会有外人打扰。他把所有人押回大本营，跟贼头汇报了这件事。贼头听完沉思了一会儿，认为不应该再派小国王去干乞讨的活儿，显然，他能派上更大的用场。贼头当场把小国王从乞丐提拔成了贼！

雨果乐疯了。他早就想让小国王去偷东西，但都没成功。现在用不着费劲啦，小国王做梦都别想违抗贼头的命令。当天下午雨果就策划了一次抢劫。他要借这个机会让小国王被抓起来，不过得小心行事，设计成一场意外。眼下这位"斗鸡国王"很受欢迎，要是像雨果这样不得志的小角色做出这么严重的背叛行为，把"斗鸡国王"交给大家共同的敌人——法律，这帮人可不会轻饶了他。

现在雨果带着他的"猎物"来到了隔壁村。他们在街巷里四处游荡，一个想找机会实现自己邪恶的计划，另一个想找机会逃跑，结束悲惨的俘虏生活。

　　两个人都遇到了一些不错的机会,但都放弃了。他们都下定决心,这次必须成功,因此绝不会贸然行事,不能让任何闪失辜负自己满腔的希望。

　　雨果的机会先来了。他看到一名妇女手里拎着一个篮子,里面的包袱鼓鼓囊囊的,眼中立即闪过一丝邪恶的光。他想:"呀,终于可以让他犯事了!这可是上好的机会,你这个'斗鸡国王'就求老天保佑吧!"他一言不发地等着,表面不动声色,其实心里已是急不可耐。这时,妇女跟他们擦肩而过,机会来了!雨果低声说:"在这儿等我。"之后,他便悄悄尾随那妇女而去。

　　国王喜出望外。只要雨果跟着她走得够远,逃跑的机会就近在眼前!

可惜他的运气没那么好。只见雨果悄悄走到那妇女身后，一把抢走包袱，然后立刻往回跑，边跑边用身上带的毯子把包袱裹了起来。妇女发出一声尖叫。手上的篮子一变轻，她就知道自己被抢了，可她没看到抢包袱的是谁。雨果毫不犹豫地把包袱塞进小国王手里，说："现在跟其他人一起跑，边跑边喊'抓贼'，不过记住，你得把他们带迷路！"

只一眨眼的工夫，雨果就转过街角，冲进了一条弯弯曲曲的小巷。过了一阵子，他又跑回来了，一脸若无其事，躲在邮筒后头准备看好戏。

小国王感受到了奇耻大辱，马上就把包袱扔到了地上。毯子散开时妇女正好赶到，身后还跟着一大群吵吵嚷嚷的老百姓。妇女一手抓住小国王的手腕，一手提起包袱，连珠炮似的大骂起来。小国王拼命挣扎，可没法从她手中挣脱开。

雨果非常满意。现在小国王被抓住了，法律会给他好看的。于是他喜气洋洋、笑容满面地走上了回大本营的路，边走边盘算该怎么跟多疑的贼头编这个故事。

小国王还在挣扎，可妇女抓得很紧。小国王恼火地大喊："放开我，我才没拿你的破玩意儿。"

看客们把他们两人围住，七嘴八舌地骂起了小国王。一个系着皮围裙的强壮铁匠挽起袖子要伸手抓他，说得好好教训教训这小子。

就在这时,寒光一闪,一柄长剑势不可当地落到了那男人的手臂上,不过刀刃是平放着的。剑的主人帅气地登场了:"上天啊,好心人们,我们有话好好说,不要动手,也用不着口出恶言。这事该由法庭处置,不能私下解决。放开那孩子吧,夫人。"

铁匠瞥了一眼高大的剑士,摸着胳膊嘟嘟囔囔地走开了。妇女不情不愿地松开了男孩的手腕。围观的人看这陌生人的眼神充满了敌意,但也都识趣地闭上了嘴。小国王立即跑到救星身边,小脸涨得通红,眼睛闪着光芒,高声喊着:"你来得真晚,不过还算及时!迈尔斯骑士,我命令你惩罚这些坏蛋!"

第二十三章

王子变囚徒

亨顿看着小国王勉强地微笑了一下,然后弯下腰在他耳旁悄声道:"小点儿声,小点儿声,我的小国王。别乱说话,现在太高调可是要吃苦头的。相信我,最后一切都会顺利的。"接着他心想:"迈尔斯骑士!上天保佑,我完全忘了还有这回事!太神奇了,他的记性这么好,古怪疯狂的想法竟记得那么清楚!……这个虚假的头衔虽是个笑话,不过对我来说依然价值千金!在他的幻影王国里受封为骑士,比在真实世界里受封为伯爵珍贵多了。"

警官来了,人们让出一条路。他们刚想抓住小国王的肩膀,亨顿便道:"轻点儿,朋友,用不着动手。他会安安静静地跟你走的,我对此负责。带路吧,我们会跟着你来。"

警官走在前面，领着拎篮子的妇女，后头跟着迈尔斯·亨顿和小国王，还有刚才那帮看客。小国王想抗议，亨顿低声说："您仔细想想，陛下，您的金口玉言不就是法律吗？若是制定法律的人自己也违抗法律，下面的人又怎么会尊重法律呢？现在确实有人犯了法。哪天陛下重回王位，回想今日之事，记起身为平民的自己仍忠于国王，服从国王的权威，岂不是美谈一桩吗？"

　　"你是对的，不必多说了。我会让你看到，如果英国国王想让谁认罪，就算是他自己，也得服从法律的安排。"

　　在庭上，法官要妇女指认，女人便发誓说被关起来的这个小犯人就是偷包袱的贼。由于没人提出无罪证明，小国王便被定了罪。这时他们打开包袱，里头原来是只圆滚滚的杀好的乳猪。法官的表情显得十分为难，亨顿的脸则唰地变白了，浑身像触电似的发起抖

来。小国王浑然不觉，还在力辩自己的清白。法官沉着脸思索了一会儿，便问那妇女："你觉得这东西值多少钱？"

妇女施屈膝礼，并回道："三先令八便士，法官大人。这是实价，我可没敢多说一分。"

法官颇不自在地瞥了一眼围观群众，点头示意警官，并说道："清场，关门。"

清场完毕。除了两名官员、原告、被告和亨顿，其他人都出去了。亨顿全身紧绷，面孔煞白，额头冒出了冷汗。法官再次转向那位妇女，用怜悯的语气说道："这孩子其实挺可怜的，也许只是饿急了，你也知道眼下光景不好。我看他未必是坏人，只是肚子饿了才干出这种事来。夫人你知道吗？盗窃物的价值如果超过了十三便士，那个贼就得上绞架。"

小国王吃了一惊，眼睛瞪得溜圆，但还是控制住了自己，没有说话。那名妇女可没控制住。她一屁股坐在地上，浑身颤抖着哭了起来："天哪，我都干了什么！上天保佑，我绝对没想过要把那孩子吊死！救救我吧，法官大人，我该怎么办？我能怎么办？"

法官仍然维持着镇静的姿态，言简意赅地回答："你当然可以更改此物的价值，因为刚才所说的话还没有写进庭审笔录。"

"看在上天的分上，这猪就值八便士！上天保佑，我得对得住自己的良心！"

迈尔斯·亨顿高兴得连礼节都忘了，这把小国王吓了一跳，也让他稍感屈辱，因为亨顿一下把他抱了起来。妇女感激涕零地告退，拎起猪走了。一名警官帮她打开法庭大门，跟着走了出去。法官还在庭上写着什么。亨顿向来很警醒，他想知道那警官为什么要跟着妇女出去，便也悄悄来到了昏暗的法院前厅偷听。他听到了这样一番对话："这猪挺肥，一看就好吃。我买了，给你八便士。"

"八便士！那可卖不了。这猪值三先令八便士啊！老亨利虽然刚死，他印出来的钱可没变化。一头猪怎么可能只值八便士！"

"怎么着？改口风了？你刚才不是发过誓，说你这猪值八便士吗？难道你在撒谎？行，那跟我回法官那儿认罪吧，把那孩子送上绞架！"

"行吧，行吧，求您别再说了，我明白了。八便士就八便士，就当买个心安！"

妇女哭着走了。亨顿悄悄回到法庭，很快那警官也走了回来，而且肯定在进门前把乳猪藏好了。法官整理完笔录，怀着善意指点了小国王几句，最后判他在普通监牢里拘留数日，之后公开行鞭刑。小国王听到这个判决，一下目瞪口呆，差点儿要下令把这个好法官拉出去砍头。不过他看到亨顿投来警告的眼神，只得闭上嘴，什么也没说。亨顿牵起他的手，向法官鞠躬致谢，接着警官便将他们的国王押往监牢。一走上大街，愤怒的一国之君就停下脚步，抽出自己的手,大喊道:"太蠢了!怎么能让我去坐牢!"

亨顿弯下腰,语气稍有些严厉:"你信不信我?安静点儿!别说这些危险的话,否则事情会变得更糟。老天自有安排,急不得,改不了,我们必须耐心等待。之后有的是埋怨的时间,也有的是庆祝的时间,您且静观其变吧。"

第二十四章

逃 跑

冬日短暂的白天已接近尾声。街上人烟稀少,只有两三个路人在匆匆赶路。他们都带着一副想抓紧办完事的神情,好快点儿离开这寒风呼啸、暮色渐浓的街头,回到舒适的家。没人左顾右盼,因此也没人注意这个被押送入狱的犯人。爱德华六世心想,是否有国王在被押送入狱的路上遭受过这样的无视。这时他们来到了一处无人的广场,警官押着他们从这里横穿过去。走到广场中央时,亨顿把手往警官胳膊上一搭,低声道:"稍等,警官大人,这里没人,且听我说句话。"

"这是违规的,先生。我们不能停下,眼看就入夜了。"

"总而言之,您得稍等,因为我要说的事跟您也有关系。现在,请您转过身,假装没看见,让这可怜的孩子逃跑吧。"

"你怎么敢提这种要求!我要马上把你逮捕——"

"嘿,别着急呀。当心,人可不能办傻事,"亨顿压低嗓子,悄声在警官耳边道,"可不能因为花八便士买了头猪,就搭上一条命呀,兄弟!"

那可怜的警官吃了一惊,一时间无言以对。过了好一阵子,他终于回过神来,便对着亨顿破口大骂。亨顿很平静。他耐心地等那警官发泄完,接着说:"我挺喜欢你的,朋友,不想让你遭罪。不过我可是什么都听见了,一个字不落。不信我就证明给你看。"接着,亨顿便开始逐字逐句地复述警官跟那个妇女在前厅的对话。最后他说:"就这些——我复述得对吗?有必要的话,我可以在法官面前再复述一遍。"

这下那警官真的被吓到了,他沮丧得半天说不出话来。过了好一阵子,他打起精神,勉强笑了笑:"只是开个玩笑,你怎么说得那么严重,我只是捉弄一下那个妇女罢了。"

"你拿走那女人的猪,是为了捉弄她?"

警官厉声说:"没别的意思,先生,我说了,就是开个玩笑。"

"说得我差点儿信了,"亨顿语带嘲讽,装出恍然大悟的样子,"要不这样吧,你在这儿等着,我去问问法官大人,身为执法人员,开这种玩笑——"

亨顿边说边作势要走。警官先是露出踌躇的表情,然后烦躁起来,最后突然骂了几句,喊道:"等会儿,等会儿,先生。等会儿,别找法官呀!哥们,他那人就像死人一样冷漠,哪懂什么玩笑呀!来,咱们聊聊。老天爷!我可不能因为那么一句无害又无心的玩笑就惹上麻烦。我还有家要养,有老婆小孩。先生,咱们讲讲道理,你要是我,该怎么做?"

"你只需要假装看不见、说不了、动不了,然后数十万个数就行了,要慢慢地数。"亨顿说这些时,表情就如同在提一个合情合理的小请求。

"真是要了命了!"警官绝望极了,"先生,咱们得讲道理,您看,不管怎么想,我那事只能算是个小玩笑,简直就是芝麻那么大的事。就算不是玩笑,最多也就是个小过失,哪怕把最严的法律给搬出来,最多不就是被法官训两句,领个警告嘛。"

亨顿冷冷地回了一句,让警官如坠冰窟:"这玩笑在法律里可是有名头的,你知道是什么吗?"

"不知道!也许是我孤陋寡闻,这种事能有什么法律上的名头呀!天哪,我的老天爷,我还以为这根本不算事呢。"

"不,真有这个罪。按照法律,这叫睚眦必报罪。"

"我的天呀!"

"会判死刑!"

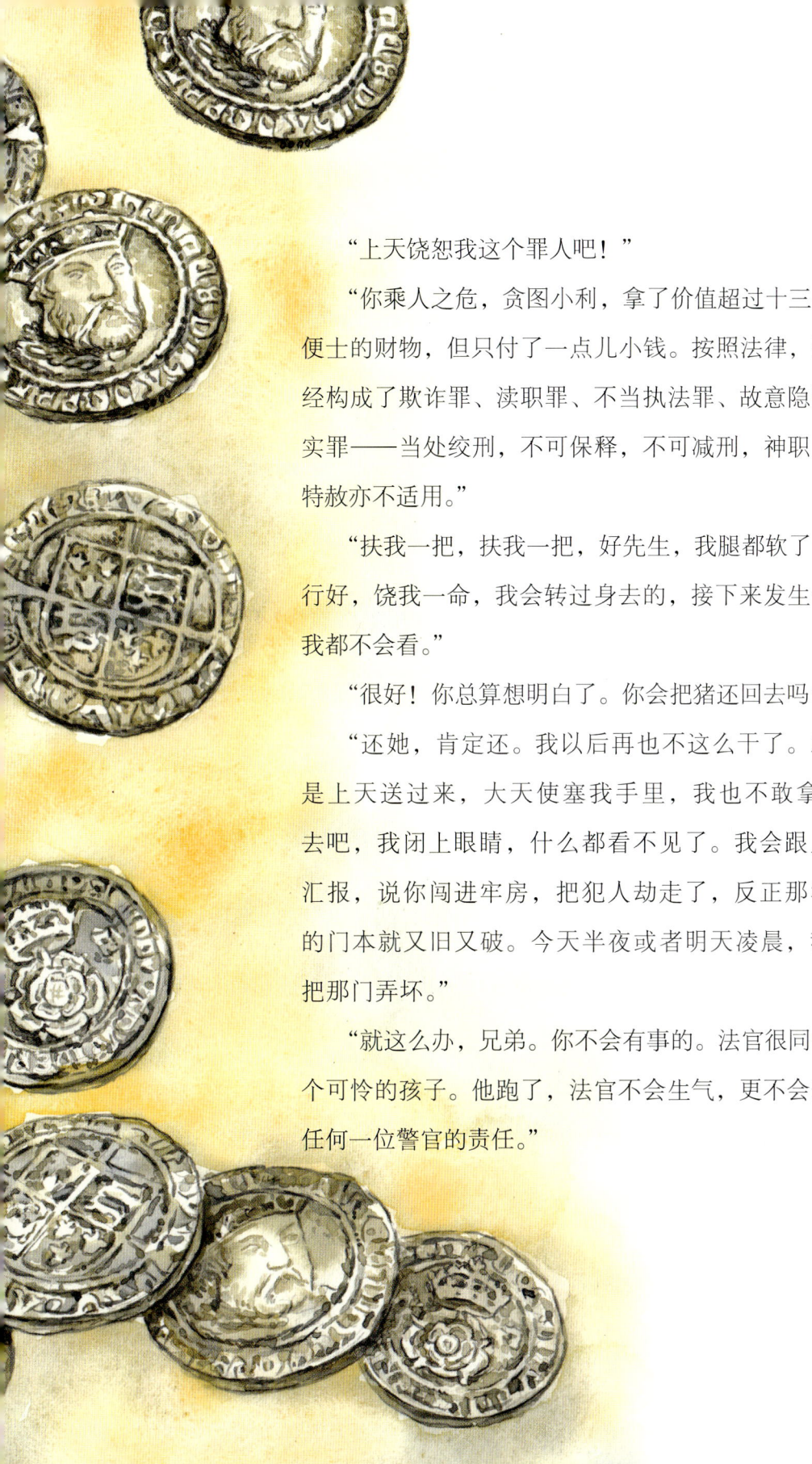

"上天饶恕我这个罪人吧!"

"你乘人之危,贪图小利,拿了价值超过十三个半便士的财物,但只付了一点儿小钱。按照法律,这已经构成了欺诈罪、渎职罪、不当执法罪、故意隐瞒事实罪——当处绞刑,不可保释,不可减刑,神职人员特赦亦不适用。"

"扶我一把,扶我一把,好先生,我腿都软了!行行好,饶我一命,我会转过身去的,接下来发生什么我都不会看。"

"很好!你总算想明白了。你会把猪还回去吗?"

"还她,肯定还。我以后再也不这么干了。就算是上天送过来,大天使塞我手里,我也不敢拿了。去吧,我闭上眼睛,什么都看不见了。我会跟上头汇报,说你闯进牢房,把犯人劫走了,反正那牢房的门本就又旧又破。今天半夜或者明天凌晨,我来把那门弄坏。"

"就这么办,兄弟。你不会有事的。法官很同情这个可怜的孩子。他跑了,法官不会生气,更不会追究任何一位警官的责任。"

第二十五章
亨顿府

就这样,亨顿和小国王走出了这位警官的视线。接着,亨顿马上就叮嘱小国王去镇外的某处等他,他先去旅馆结账。半小时后,两个好朋友就骑着亨顿那两匹寒酸的坐骑,欢欣雀跃地向东出发了。

现在小国王穿得暖和，心里也热乎。亨顿替他把那身破衣裳扔了，从伦敦大桥的二手商店里重新买了一套。

亨顿想，绝不能让这孩子累着。赶路本就辛苦，要是再三餐不继、睡眠不足，对这个小疯孩儿肯定没好处。他得多休息，得规律饮食，还得适度运动才能快快好起来。亨顿盼着这孩子的头脑能快点儿恢复正常，不想看他总是耽于病态的幻想，遭受疯病的折磨。因此，他决定放慢回家的脚步。否则作为一名离家多年的游子，以他原本迫切的心情，非得日夜兼程不可。

走了约十英里，他和小国王来到了一个有点儿规模的村庄。他们在那儿过了夜，旅馆的条件还不错。还是按之前的规矩：小国王用餐时亨顿站在椅子后头伺候，睡觉时亨顿帮他脱衣服，夜里亨顿就裹着毯子睡在门边上。

第二天和第三天他们都在慢悠悠地赶路。两人聊起

了分开后的经历，都对对方的故事产生了浓厚的兴趣。亨顿详细讲述了他怎样到处找小国王：那个"大天使"假模假式地带着他差不多把树林绕了个遍，结果还是只能领着他回小屋，因为他根本甩不掉亨顿。接着，那老头走进内室，又跌跌撞撞地跑出来，显得非常伤心，说他以为孩子已经回来，躺在床上休息了，可是并没有。亨顿在小屋等了一整天，对小国王能回来彻底不抱希望了，才又动身出去找。

"陛下没回来，那老圣徒好像还真挺伤心的，"亨顿说，"从表情看得出来。"

"哼，他肯定伤心！"小国王随即说出了自己的故事。亨顿听完后非常懊悔没把那个"大天使"杀了。

到了旅程的最后一天，亨顿显得非常激动，滔滔不绝地说着话。他说了许多有关老父亲和亚瑟哥哥的往事，说他们的为人是多么高尚、慷慨。他还兴奋地说起了可爱的伊迪斯，甚至兴致勃勃地说起了修的优点，他们之间也是有过兄弟情的。他畅想着即将到来的亨顿府重逢。大家该多么惊讶啊！他们肯定会争先恐后地感恩、祈祷，他们会高兴得发疯的！

这里相当辽阔，散布着农舍和果园，道路所指向之处，广阔的牧场无边无际，起伏连绵，犹如浪涛波动的大海。到了下午，这位归家浪子总是偏离主路，登上小山丘眺望，想早点儿看见远方的家。

最后他终于如愿了。只听他兴奋地喊着:"就是那个村子,小国王,亨顿府就在那里!从这儿就能看到那座塔楼,还有那片树林——那就是我父亲的庄园!看到没有?多气派,多豪华呀!你敢想象吗?我们有七十个房间,二十七个仆人!能住那样的地方,是不是够可以的了?来,咱们加快速度,我实在是等不及啦!"

尽管他们全速赶路,抵达村庄时也已经过了下午三点。两位旅人喜悦地穿过村庄,亨顿的嘴一直没停:"这是教堂,上头还是爬满了常春藤,一点儿没多,一点儿没少!""那是旅馆,老红狮旅馆,那头就是集市。""五月柱就在这儿,还有抽水机——什么都没变,只有人变了。十年了,这儿的人好像都不一样了。有几个我好像还认识,可他们都不认识我了。"亨顿就这样滔滔不绝地说着,两人很快走到了村尾。接着,他们转入一条曲折狭窄的小路,路两侧立着高大的篱笆。他们加快速度,沿这条路走了约半英里,走进了一扇威风凛凛的拱门,门两侧粗大的石柱上还刻有纹章图样。接着,他们穿过一座巨型花园,来到了一座贵族庄园的门口。

"欢迎来到亨顿府,我的小国王!"迈尔斯·亨顿高呼着,"啊,真是伟大的日子!我的父亲,我的兄弟,还有伊迪斯,他们会乐疯的!一见着我,他们眼里肯定只有我,他们只会跟我说话,可能你会感到有些被冷落——别介意,马上就不会啦。等我告诉他们我当了你的监护人,告诉他们我有多爱你,他们就会因为迈尔斯·亨顿

而把你紧紧抱在怀里，待你亲如一家人！"

迈尔斯·亨顿在大门前停下，跳下坐骑，又把小国王抱下来，牵着他的手大步走了进去。没走几步他们就看到了一间宽敞的大厅。迈尔斯·亨顿走进大厅，让小国王先坐下。他太着急了，完全把礼节抛在脑后，冲着一个年轻人径直走了过去。那人正坐在书桌前，前方壁炉的炉火熊熊燃烧。

"抱抱我吧，修，"迈尔斯·亨顿喊道，"欢迎我回来吧！快告诉父亲！只有握到他的手，看到他的脸，听到他的声音，我才算是真正回到了家！"

修往后一让，不禁显出几分惊讶的神色。接着，他直直地盯着这位突如其来的到访者，表情变得严肃，一开始带着点儿被冒犯的恼怒，接着又若有所思，然后变成了好奇，混着一点儿半真半假的同情。只听修淡定地回答："您的头脑好像有点儿问题，可怜的陌生人。显然您在世间遭受了困苦和折磨，从您的模样和衣着看得出来。您把我认成谁了？"

"认成谁了？拜托，还能是谁啊？您不就是修·亨顿吗？"迈尔斯·亨顿厉声说。

对方依然很温和："那您认为自己是谁呢？"

"什么叫认为自己是谁！别装了，难道你认不出你的兄弟迈尔斯·亨顿吗？"

修的脸上闪过一丝惊喜，高喊道："什么！你不是在开玩笑吧？死人怎么可能复活？要真是那样可是谢天谢地了！难道这么多年过去，失踪的可怜孩子终于要回到我们的怀抱了吗？啊，这太好了，我简直不敢相信是真的——我警告你，有点儿良心，不要跟我开这种玩笑！快，到亮一点儿的地方去，让我好好看看你！"

他拽着迈尔斯的胳膊拖到窗户旁，开始从头到脚地细细打量他。他拉着迈尔斯转来转去，还大步围着他转圈，从每个角度查看；而那位归家浪子满面红光，喜上眉梢，微笑着，大笑着，不断地点着头，说："好好看看吧，弟弟，别害怕。没有一条胳膊、一条腿、一个地方是不能通过考验的。好好看看，直到你满意为止。亲爱的修，我真是你们的迈尔斯，原来那个迈尔斯，你失踪的哥哥。真是伟大的日子，我说，这真是个伟大的日子！把手给我，让我摸摸你的脸。天哪，我太高兴了！"

他刚想扑上去拥抱弟弟，修突然举手拦住了他。接着，修悲伤地垂下头，难过地说："唉，求老天垂怜，给我勇气来承受这失望的痛苦吧！"

迈尔斯惊讶极了，一时间说不出话来。他好不容易喊道："什么失望？难道我不是你哥哥？"

修难过地摇摇头，回答："我乞求老天能证明你是他，也渴望有谁能找出我找不到的相似之处。唉！恐怕那封信说的确实是真的。"

"什么信?"

"大约六七年前来自大洋彼岸的信。信上说我哥哥战死了。"

"那是谎言!叫父亲来,他能认出我。"

"逝者是叫不醒的。"

"逝者?"迈尔斯一下哽咽住了,他的嘴唇开始颤抖,"父亲死了!噢,这消息太沉重了,现在我一半的快乐都没了!求你让我见见我哥哥亚瑟,他能认出我。他认得我,他能安慰我。"

"他也死了。"

"我的天,这打击我受不了!死了,都死了,为什么我身边该活着的走了,不该活着的却被宽恕留下来了?啊!求上天怜悯!千万别说伊迪斯小姐也——"

"死了?不,她还活着。"

"感谢上帝,我的快乐又回来了!快,弟弟,带她来见我!她不会认不出我吧?不,不会的,她能认出我来。我真蠢,怎么能怀疑她呢!快带她过来,还有我们的老仆人也带过来,他们也认得我呀。"

"老仆人都走了,只留下了五个——彼得、哈赛、大卫、伯纳德和玛格丽特。"

说完这话,修走出了大厅。迈尔斯陷入了沉思。他踱着步子,自言自语道:"五个坏蛋留了下来,其余二十二个忠厚老实的却都走了,这太奇怪了。"

他就这样踱着步子自言自语,完全把小国王抛到了脑后。过了好一阵子,小国王才严肃地开了口。他是很真诚地在同情迈尔斯,可说出来的话听着却有点儿像在讽刺:"好人,别太为这厄运难受了。这世上身份被否定、主张遭到讽刺的不止你一个。有人跟你同病相怜。"

"哦,我的小国王,"亨顿的脸上恢复了一点儿血色,"不要怪罪我,等着吧,你会明白的。我不是冒名顶替——她能说清楚,英国最可爱的姑娘会告诉你事实。我怎么会是骗子?我认得这座老宅,认得祖先的画像,这里这些老物件我全认识,就像孩子熟悉自己的房间。我在这里出生,在这里长大,陛下,我说的都是实话,绝不骗你。就算别人都不信我,求你一定不要怀疑我——那我可承受不住。"

"我不怀疑你。"小国王说,带着孩子特有的纯真和信任。

"我打心眼儿里感谢你!"亨顿激动地喊了起来,他确实很感动。小国王用同样温柔纯真的语气补上一句:"那你怀疑我吗?"

一股混杂着愧疚的复杂情绪涌上亨顿的心头。幸好这时门开了,修走了进来,让亨顿用不着回答这个问题。

一位身着华服的美丽女子跟在修身后,她后面又跟了几名穿制服的仆人。女子走得很慢,低着头,望着地板。她的脸上有着说不出的哀伤。迈尔斯·亨顿跑上前,大喊着:"噢,伊迪斯,亲

爱的——"

修严肃地挥手拦住了他,接着对女子说:"看看这人。认得他吗?"

听到迈尔斯·亨顿的声音,这名女子微微吃了一惊,双颊变得绯红,然后浑身哆嗦了起来。她站着不动,有那么一阵子沉默不语。接着,她慢慢抬起头,望向迈尔斯·亨顿的眼睛,眼神显得木然,又透出一丝恐惧。她的面孔一点点地褪去血色,变得像死人一样苍白。这时,她开口了,声音就像脸色一样毫无生气:"我不认得他!"接着,她急转身子,强忍住泪水,跌跌撞撞地离开了房间。

迈尔斯·亨顿跌坐进一把椅子,捂住了脸。过了好一阵子,他的弟弟对仆人说:"你们也都看看。认得他吗?"

仆人们都摇头。他们的主人说:"仆人也不认得你,先生。恐怕这里是有什么误会。你看到了,我妻子也不认识你。"

"你的妻子!"迈尔斯·亨顿一下就把修按到了墙上,死死掐住了他的喉咙,"噢,你这只狡猾的坏狐狸,我全明白了!那封撒谎的信就是你写的,就为了偷走我的新娘和财产。够了,现在赶紧走,不要逼我动手杀了你这个可悲的小人,这有辱我骑士的名声!"

修被掐得满脸通红,差点儿背过气去。他一个转身,扶着旁边最近的椅子坐下,接着便命令家仆把这个行凶的陌生人抓住绑起来。可仆人们犹豫不决。其中一个说:"他有武器呀,修爵士,我们什么也没有。"

"有武器又怎么样！你们这么多人还打不过他一个嘛！快抓住他！"

迈尔斯警告仆人们小心，还补充说："你们知道的，我跟从前一样，一点儿没变。来呀，动我试试。"

"那快去呀，你们这群懦夫，去拿武器，把家看住了！我要派人去叫警官！"

修的话并没有给仆人们壮胆，他们还是不敢上前。

修跑向门口，对迈尔斯说："别想逃跑，这可是为你好！抵抗是没意义的！"

"逃跑？这你大可不必担心。迈尔斯·亨顿是亨顿府的主人，这里是他的地盘，他一定会留下，千万别怀疑。"

第二十六章

断绝关系

小国王坐在椅子上沉思了很久,接着抬起头说:"真怪,太奇怪了。我想不明白这件事。"

"没什么怪的,陛下。我知道他是什么人,事情会变成这样再正常不过了。他从生下来就是个卑鄙的家伙。"

"我不是在说他。"

"不是他?那是什么?什么让你觉得奇怪?"

"我奇怪的是,国王竟然没有失踪。"

"什么?哪个国王?我听不懂你的意思。"

"真没听懂?难道你一点儿不觉得奇怪吗?没有大臣四处搜寻,也没有描述我模样的布告张贴出来。一国之君不见了,这难道不是天大的事吗？不应该举国上下忧心忡忡吗？我失踪了呀。"

"噢，对，我的小国王，我都忘了这回事了。"亨顿叹口气，喃喃道，"可怜的孩子，他只会做那可悲的白日梦。"

"不过我有个计划，可以成全我们两个。我要写一封信，用三种语言写：拉丁语、希腊语和英语，明天一早你就把信速速送去伦敦，交到我舅舅赫特福勋爵手上。他一看信就会明白这是我写的，就会派人来找我。"

"要不这样吧，陛下，我们先按兵不动，等我证明身份，夺回领地，之后才更有能力——"

小国王蛮横地打断了他的话："安静！你这点儿微不足道的领地、不值一提的利益，怎能跟国家的福祉与王位的尊严相比？"接着他像是对刚才的严厉感到抱歉，放缓了语气："按我说的做，不要害怕，我会帮你主持正义，会成全你。没错，不只是成全，你对我的好我都记得，我一定会报答你。"

说完这话，小国王便拿起笔开始写信。亨顿充满怜爱地看着他，心想："要是在没灯的地方，我真会以为是国王在说话呢。还是顺着他吧。要是不把他当回事，他会像真正的国王那样对我大发雷霆的。这把戏他是从哪儿学的？瞧他一本正经地画那些莫名其妙的小钩子，假装自己在写拉丁语和希腊语。我得想个法子转移他的注意力，不然只能听从这异想天开的吩咐，大清早地去给他送信了。"

之后,迈尔斯·亨顿又想起了自己的那件事,想得出神。小国王把写好的信递给他,他便茫茫然地接过来放进口袋。"伊迪斯有点儿奇怪,"他喃喃道,"她像是认出了我,又像是不认得我。这么说好像很矛盾,但我确实两种感受都有,没有哪种是我的误解,也没有哪种更加明显。所以,事情很简单,她认出了我的脸、我的身形和我的声音,她不可能认不出来!但她也说了不认识我,这也是确凿的事实,可她明明不是会撒谎的人呀。等等,我好像想明白了,肯定是修干的。修逼她撒谎。就是这么回事,谜题解开了。她好像非常害怕,没错,她肯定被修威胁了。我得去找伊迪斯,得马上找到她。修现在不在家,伊迪斯一定会说出真心话。她肯定记得我们过去两小无猜的美好时光,她会心软的。她不会背叛我,会跟我说实话。她身体里就没有叛徒的血。没错,她一直很诚实,很纯真。过去她还爱过我,这就是我的定心丸。她不会背叛自己爱过的人。"

迈尔斯想到这儿迈腿就往门口走。这时,门开了,伊迪斯走了进来。她脸色苍白,但步伐坚定,身姿从容,可表情还是和之前一样悲伤。

迈尔斯十分欢喜,满怀信心地迎了上去,可伊迪斯轻轻摆了摆手,拦住了他。于是,迈尔斯停下了,原地站住。伊迪斯坐下来,并请迈尔斯也就座。她的这种态度已经完全将迈尔斯从老友行列中

除名，把他当成陌生来客了。迈尔斯很惊讶，这完全出乎他的意料，他甚至开始怀疑，自己到底是不是自称的那个人。

伊迪斯说："先生，我来正是为了给您告诫。劝疯子放弃妄想或许很难，但我们至少应该劝他避开危险。在我看来，您是真心相信自己的妄想，所以您这样也不算是犯罪。不过，您不能留在这里，那样十分危险，"伊迪斯目不转睛地看着迈尔斯，语气坚决地补充道："尤其是您长得太像我们故去的亲人了。他要是活到今天，肯定就长您这个模样。这就更危险了。"

"天哪，夫人，我就是他呀！"

"我相信您是真心这样认为的，您肯定没有撒谎。但是我必须警告您，我丈夫是这里的主人，他掌管整个地区，这里的人是死是活，全凭他的意思。既然您长得那么像您自称的那个人，我丈夫肯定不会由着您这样胡作非为。相信我，我非常了解他，我知道他会怎么做。他会告诉所有人您是个疯子，是冒名顶替，所有人也会立刻认同他的话。"说到这里，伊迪斯的眼神变得更加凌厉，"即使您真是迈尔斯·亨顿，他清楚这一点，村里人也清楚这一点——我的话您一定要听仔细、想明白——您依然面临同样的险境，要吃的苦头半点儿也不会少。他会否认您，告发您，并且没有一个人敢站在您这边。"

"你说的这些我完全相信，"迈尔斯苦涩地回答，"权力可以让至亲好友恩断义绝，既然那些人吃喝性命都仰仗着他，当然更会无条件地服从。至于什么忠诚和荣誉，都是老掉牙的东西，早就无人理会了。"

一瞬间，那位女士的脸仿佛被什么东西刺了一下。她垂下眼睛望向地面。可当她再次开口时，声音还是那么坚决："我已经告诫过您了，可还要再强调一遍。走吧，否则他会毁了您的。他是个冷酷无情的暴君，我就是被他锁住的奴隶。知道这些就够了。可怜的迈尔斯、亚瑟还有我亲爱的监护人理查德大人如今都脱离了他的魔掌，入土为安了。您就是跟他们一起入土，都比落到这个恶魔手里要好！您现在假冒的这个身份对他的头衔和财产都构成了威胁，您还在他的家里袭击了他。再留下来，您真的会被毁了的。快走吧，别犹豫了。如果缺钱，把这个钱包拿走。算我求您了。给仆人们塞点儿钱，让他们放您走。请听进去我的话，可怜的人，趁着能跑的时候赶紧跑吧。"

迈尔斯·亨顿摆摆手，拒绝了递过来的钱包。他站起身，看着伊迪斯。"答应我一件事，"他说，"看着我，不要躲开，让我瞧瞧你的眼睛。就是这样。现在回答我吧，我是迈尔斯·亨顿吗？"

"不，我不认识你。"

"你发誓！"

回答的声音很低，但是很清晰："我发誓。"

"噢,我真是不敢相信!"

"快走!不要浪费宝贵的时间了!走啊,逃命去吧!"

就在这时,几个警官冲了进来。他们和迈尔斯·亨顿展开了一场激烈的搏斗,很快就把他制服、拖走了。小国王也被带走,两个人都被捆绑起来,送去了监狱。

第二十七章

监 狱

因为单间牢房满员了,我们这两位朋友就被关进了一间更大的牢房。那里一般用来关罪名比较轻的犯人,因此有很多人给他们做伴,总共二十来个,都戴着手铐脚镣,男女老少都有——是一帮面目可憎、吵吵嚷嚷的家伙。小国王很生气,他认为这是对王室极大的侮辱。可迈尔斯沉着脸,始终一言不发。他完全蒙了。他以为自己是快乐的归家浪子,以为每个人看到他都会欢欣鼓舞,没想到等着他的却是冰冷的面孔和牢狱之灾。想象跟现实的差距太大,给迈尔斯带来了极大的冲击,他都不知道这算是可悲还是可笑。他感觉自己像是手舞足蹈地跑出去看彩虹,结果却被雷击中了。

不过,他还是逐渐厘清了心头的混乱和痛苦,其中最让他疑惑的就是伊迪斯。他翻来覆去地思索她的行为，从不同的角度来分析，可始终没有办法得出满意的结论。她认得他，还是不认得？这个令人费解的问题让迈尔斯想了好长时间，不过最后他确信，伊迪斯认得他，只是出于某种利害关系跟他断绝了关系。他真想狠狠骂她一顿，可长期以来这个名字对迈尔斯是那么圣洁，他实在没办法出言玷污它。

迈尔斯和小国王裹着监狱里又脏又破的毯子度过了一个糟心的夜晚。狱卒收了贿赂，给其中几个犯人弄了点儿酒。结果那几个人又是唱下流小调，又是打架嘶吼，活活折腾了一夜。午夜刚过，一个男人又用自己的镣铐砸了另一个女人的脑袋，差点儿把她打死。幸好狱卒过来把他们拉开，又狠狠地用棍子敲了那男人的脑袋和肩膀，才让他冷静。喝醉的那几个又闹腾了好一会儿，众人才终于有机会闭上眼睛休息，但还得忍受着刚才受伤的那两人的痛苦呻吟。

接下来整整一个礼拜，每天每晚都和刚才说的一样。有几个亨顿似乎认得的人会在白天来看他，说他是冒牌货，骂他。一入夜，照例又是喧闹和混乱。终于有一天发生了转机。狱卒带来了一个老人，说："那恶棍就关在这里。仔细瞧瞧，看看能不能认出他来。"

迈尔斯抬头一看，自打进监狱以来，这是他头一次感到高兴。迈尔斯·亨顿想："这是老仆人布雷克·安德鲁斯！他一辈子都在伺候我们亨顿家的人，特别忠厚、老实又善良。不过那是从前。现在没人说实话,个个都在撒谎。这个人肯定认得我,不过他也不会承认的,和其他人一样。"

老人把牢里的人轮番看了一遍,然后说:"这里不是只有流氓混混吗?那人在哪儿?"

狱卒哈哈大笑。"在这儿哪,"他说,"好好看看这头大牲口,告诉我是不是他。"

老人凑过来,前前后后打量了迈尔斯好一会儿,然后摇摇头说:"老天爷,这可不是迈尔斯,绝对不是!"

"没错,你这老头还没糊涂。如果我是修爵士,非得把这寒碜的乡巴佬儿给拖出去——"

狱卒踮起脚,做出被绞索吊起的样子,嗓子眼里还冒出"咯"的一声,意思是被勒死了。那老头恨恨地说:"这人最好求上天保佑,被判个绞刑!要是落到我手上,不把这恶棍烧死,我就不算男人!"

狱卒像土狼一样呵呵地笑起来,他说:"去骂他两句吧,老头。他们都是这么干的,可有意思了。"

说完这话,狱卒便溜达回守卫室去了。这时老人马上往地上一跪,小声说:"感谢上天,主人,你终于回来了!我以为你七年前就死了,天哪,没想到你还活着!我一眼就把你认出来了!不过艰难的生活确实让你变了样,刚开始我真的以为你是个小混混呢。我虽然又老又穷,但是迈尔斯,只要你一句话,我一定挺身而出,就算上绞架我也要说真话。"

"别，"迈尔斯说，"别这样。不要把自己搭进去，那也帮不上什么忙。不过我很感谢你，多亏了你，我对这人世间又有点儿信心了。"

老仆人给了迈尔斯和小国王很大的帮助。他一天来好几趟，说是要"教训"迈尔斯，其实是为了把好吃的偷运进来，免得他们总是吃牢饭，还会给他们带来新消息。迈尔斯把像样的食物都留给了小国王。幸亏有这些吃的，否则小国王早饿死了，因为他根本吃不了监狱提供的粗劣饭食。每次安德鲁斯探监都控制在很短的时间内，以免引起怀疑；他压低声音把消息讲给迈尔斯听，不时抬高声音骂

给外人听——每次都设法传递很多消息。

就这样，亨顿家族的往事一点点浮出了水面。亚瑟是六年前死的。他的死加上迈尔斯·亨顿的失踪，让他们的父亲理查德大人的病情雪上加霜。理查德大人自觉身体每况愈下，便希望在走之前看到修和伊迪斯结为夫妻。伊迪斯苦苦哀求，拖延着婚期，期盼迈尔斯·亨顿能回来阻止。可就在此时，一封信带来了迈尔斯·亨顿的死讯，理查德大人被彻底击垮了。他深信自己时日无多，于是他和修都坚持要赶紧成婚。伊迪斯没有放弃。在她的乞求下，婚礼拖了一个月，再一个月，又一个月，不过最终还是在理查德大人的病榻

前顺利举办了。这桩婚事并不美满。村里人都传言说婚礼后没几天,新娘就在丈夫的文件里发现了那封宣告死讯的信的草稿,于是指控他捏造邪恶的谎言,只为赶紧跟自己结婚,促使理查德大人更早离世。村里人都说后来伊迪斯和仆人们的境遇非常凄惨。理查德大人一死,修爵士就彻底撕开了温柔的面纱,成了最冷酷无情的主人,对任何仰仗他鼻息的人都毫不留情。

安德鲁斯的话里有那么一段引起了小国王的兴趣:"据说国王疯了。不过你们发发慈悲,别说是我讲出来的。谁传出去这话是要被处绞刑的。"

小国王目光炯炯地看着老头,说:"国王没有疯,老爷爷,为你着想,你最好多操心自己的事,不要去传这种有碍国家安定的闲话。"

"这孩子说什么呢?"安德鲁斯很惊讶,他没想到一个小孩会这样出言不逊。亨顿叹了口气。老人没有追究,继续往下说:"先王过几天要下葬了,就在本月十六号。二十号那天,新王会在威斯敏斯特教堂登基。"

"那得先找到新王才行,"小国王咕哝着,接着又信心十足地补充道,"他们会去找的,我也会努力。"

"看在上天的分上——"

老人刚说一半,亨顿便使了个眼色,把话头给截住了。老人便继续讲那传言:"修爵士要参加加冕典礼,他可是满心期盼呀,还信心十足地说等他回来肯定已成了贵族,因为他很得护国公的青睐。"

"什么护国公?"小国王问。

"就是尊贵的萨默塞特公爵。"

"什么萨默塞特公爵?"

"我的老天,不就那一位吗?就是赫特福勋爵,西摩呀。"

小国王质问道:"他什么时候当了公爵,还成了护国公?"

"一月最后一天开始的。"

"谁给他封的这些头衔?"

"他自己啊,还有议会,当然,是经由国王的授意。"

小国王顿时暴跳如雷。"国王!"他喊道,"哪个国王?"

"哪个国王!(老天爷呀,这孩子是怎么了?)这还用问?咱不就一位国王吗?就是那位尊贵的国王陛下,爱德华六世呀,上天保佑吾王!不管疯没疯,他都是个可爱心善的小家伙。他们说他的病情每天都有好转。人人都夸赞他、祝福他,都祈祷他能早日康复,好让英国长治久安。他很有人情味,救了诺福克公爵一命,还废除了很多压迫人民的残酷法令呢。"

这消息让小国王吃惊得说不出话来,立即陷入了沉思,之后老人说什么他都听不见了。他在想,这所谓的"小家伙",就是穿着自己的衣服、留在宫里的那个小乞丐吗?不可能吧。即使他想冒充威尔士亲王，也会很快就被自己的言行举止出卖，被他们赶出宫去，然后他们就会四处搜寻真正的王子。难道是议会用某个贵族小孩顶替了自己？不可能，舅舅绝不会答应。他手里是有权力的，若有这种僭越之举，他一定会把它粉碎。男孩翻来覆去地琢磨，越是不得其所，就越想解开谜题，可还是越想越困惑，越想越头痛。这件事几乎让他彻夜难眠。现在，小国王比之前更渴望回伦敦了，这个大牢他一分钟也不想待。

亨顿不知道该拿小国王怎么办，也根本安抚不了他。倒是锁在小国王旁边的那两个妇女帮了不少忙。在女人们温柔的抚慰之下，小国王终于平静下来，恢复了一点儿耐心。他对这两个女人心怀感激，也愿意亲近她们。有这样两个善良温柔的人做伴多好呀。小国王问她们为什么会被关进来，女人们说她们是浸礼会的教友。小国王笑着说："这难道也成了罪名？现在我很难过，因为我马上就得跟你们说再见了——这种小事肯定不会关你们太久。"

女人们没有回答，可她们的表情让小国王感到不安。他急切地问道："你们怎么不说话？行行好，告诉我，你们没受别的惩罚吧？快说，你们没有受到别的惩罚。"

女人们试图转移话题，反而叫小国王越发担心，一个劲儿刨根问底："难道他们要对你们施鞭刑？不，不会那么残忍的！快说他们不会那样。说呀，说他们不会的，对吧？"

女人们露出慌乱又沮丧的表情。眼看躲不过去，其中一个只得哽咽着说："唉，你这么善良，真是叫我们心都碎了。上天会帮助我们扛过去的——"

"你们承认了！"小国王打断女人的话，"他们真要施鞭刑！这帮铁石心肠的坏蛋！噢，别哭，我受不了。勇敢些，等我恢复身份，一定救你们脱离苦海，我保证！"

第二天早上，小国王醒来的时候，女人们已经不见了。

"她们被释放了！"小国王很欣喜，紧接着又有点儿沮丧，"我倒是难过了，她们可是我的慰藉呢。"

为留作纪念，女人们把一绺丝带别在了小国王的衣服上。小国王说他会永远留存，今后一定要找到这几个朋友，好好庇护她们。

就在这时，狱警带着几个狱卒过来了。他命令狱卒们带犯人去监狱中庭放风。小国王很高兴。能再次看到蓝天，呼吸到新鲜空气简直太幸福了。几个狱卒的动作很慢，弄得小国王有些焦躁，不过终于轮到他了。他们解开镣铐，命令亨顿和其他犯人都跟着出去。

这个露天中庭是一个铺着石板砖的四方院子。犯人们穿过宽阔的石制拱廊走进去，背靠墙，列队站好，前方拉着绳子，身旁站着

看管的狱卒。这是一个阴冷的早晨,昨晚下了点儿薄雪,空地上湿湿的,更是平添一分清冷。寒风不时呼啸而过,把落叶吹得直打转。

庭院中间站着两个妇女,都被锁在柱子上。小国王瞧了一眼,发现竟是他那两个好朋友。小国王哆嗦了一下,心想:"天哪,我还以为她们被释放了。这样的人竟然得遭鞭刑!还是在英国!唉,太可耻了,又不是什么未开化的蛮荒之地!她们会受鞭刑,而我,这个被她们安抚善待过的人,却只能在一旁眼睁睁地看着大错铸成。太荒谬了。我身为这片广阔国土的掌权者,竟无力为她们提供保护。这些恶棍好自为之吧,总有一天,我要为这事重重问责他们。这两个女人受的每一下鞭子都要成百倍地加到恶棍们身上。"

大门开了,百姓们一拥而入。他们围在那两个女人身边,刚好挡住了小国王的视线。一个神职人员进了门,走进人堆后也看不到了。小国王听到说话声,像是在提问和回答,不过听不清说了什么。接着一群人闹哄哄地做起了准备工作,在围着那两个女人的人堆里穿进穿出。接着,人群渐渐变得鸦雀无声。

随着一声令下,人群分开,让到两旁,小国王终于看到了那个令他寒彻骨髓的画面:两个女人身边堆着木柴,一个人正跪在地上点火!

女人们低下头,捂住了脸。黄色的火舌向上攀爬,噼啪作响地舔舐着木柴。缕缕青烟随风而起,神职人员举起手开始祷告。就在这时,两个女孩冲进了大门。她们尖叫着扑向被绑在柱子上的两个女人,但立即被狱卒拉开了。其中一个女孩被牢牢按住,另一个却挣脱开来,说要跟母亲一块儿去死。他们只好过去再把那个小女孩拉开,这时她的衣服已经烧起来了。几个男人一边按住她,一边把着火的衣料撕下,掷到一边。小女孩始终在不停地挣扎,说今后她就是孤零零一个了,求大家让她跟母亲一起去吧。她们一直在尖叫、挣扎。就在这时,一声撕心裂肺的惨叫盖过了小女孩们的喊声。小国王从疯狂的小女孩身上移开视线,望向柱子。可是下一秒他就背过脸去,面孔煞白地对着墙,再也不敢多看一眼。他说:"只看了一眼，那幅画面就永远无法从我记忆中抹去了。今后的每一天，我都会想起这一幕，每个夜晚都会梦到这一幕，直到死的那天为止。天哪，我宁可自己是个瞎子！"

亨顿一直在观察小国王。他很满意，暗想："他的疯病像是好了。他现在改了性子，显得挺听话的。要是按从前的秉性，他肯定会对这些家伙大发雷霆，说他是国王，命令他们给那两个女人松绑什么的。那些妄想会散去，会被他忘记的。可怜的小家伙，总有一天他能恢复神志！老天哪，让这一天早点儿到来吧！"

当天晚上，大牢里又关进了几个暂留一夜的犯人，之后他们会被押送到英国其他地方的监狱服刑。小国王跟他们也聊了聊——打从一开始他就下定决心，为了尽国王的义务，一有机会就要跟这些犯人交谈——结果他们的故事都很让小国王心碎。有一个呆头呆脑的妇女从织工那里偷了一两匹布头，被判了绞刑。有一个男人被指控偷马，因为证据不足，本来用不着上绞架，结果他又被指控在王室园林里猎鹿，这倒是证据确凿的事，所以现在他也得上绞架了。还有一个商人的学徒，他的案子尤其让小国王愤愤不平。这个年轻人有天夜里发现了一只从主人手里逃出来的鹰，他把鹰带回了家，以为这鹰可以归自己所有，没想到法院认定这属于偷窃，判了他死刑。

小国王对这些没有人性的严苛刑罚感到十分愤怒。他要亨顿帮

他越狱,以最快的速度赶回威斯敏斯特教堂,重登宝座,重得权杖,他要拯救这些不幸的人。"可怜的孩子,"亨顿叹了口气,"这些惨事又把他弄疯了。唉,希望这只是暂时的,他应该很快能恢复正常。"

这群犯人里有一名年迈的律师,是个面容刚毅、无所畏惧的男子。三年前他写了一份小册子声讨大法官,指控他断案不公,结果被判处颈手枷刑,割去双耳,被剥夺律师从业资格,此外还被罚款三千镑,并处终身监禁。最近他又犯了相同的罪,于是被判割去双耳的残根部分,罚款五千镑,双颊烙印,并且终身监禁。

"这是荣誉的疤痕。"老律师撩开白发,露出曾是耳朵的残缺断面。

小国王眼中燃烧着怒火。他说:"没人会相信我,你也不会相信。但不管怎样,一个月以后,你将重获自由。不止如此,这样的法律不仅侮辱了你,也侮辱了英国,因此必须从法典中废除。这世道确实有失公允。国王若没有亲身体验一下自己制定的法令,又怎么能学会真正的仁慈呢?"

第二十八章

牺 牲

就在迈尔斯对牢狱生活的忍耐濒临极限的时候,判罚终于下来了。他如释重负,只要不继续关在这里,任何惩罚他都愿意承受。可他想错了,实际的判罚让他火冒三丈。他被说成"有手有脚却不事劳作的无业游民",加上袭击亨顿府主人,他被判关足枷两小时。至于他假称自己是原告的兄弟,是亨顿家头衔与地产的合法继承人一事,法官则是只字未提,像是根本不值得去查证似的。

被押往受罚地点时,迈尔斯暴跳如雷,不断威胁他们,结果吃了不少苦头:警官一路粗暴地拽着他,还时常因为他出言不逊扇他耳光。

跟在迈尔斯身后看热闹的闲人很多,小国王挤不进人堆,只得跟在最后头,离自己的好朋友、好仆人很远。因为跟这种坏蛋做同伙，小国王也差点儿被判关足枷。只不过念在他年幼，法官只是训了训他，警告两句了事。这时，人群停下来了。小国王心急如焚，在最外面使劲蹦跶着，想找空隙钻进去。他折腾了很长时间，费尽千辛万苦才终于钻进了人堆。他可怜的亲信正坐在地上，脚被锁在耻辱的足枷里，沦为街头流氓的笑柄和玩物。他可是英王的贴身侍从！小国王听见有人在宣读判罚书，但只听到了一半的内容。他心头腾地冒起了怒火，烧得就像夏天一样炽热。之后，迈尔斯·亨顿承受的屈辱竟然变本加厉了。小国王看到一个鸡蛋飞出来，砸在了迈尔斯·亨顿的脸上。他听到围观群众为这个插曲喝彩，便冲出人群，跑到负责看守的警官面前大喊："可耻！那是我的仆人，快把他放了！我可是——"

"噢，快别说了！"迈尔斯·亨顿慌忙喊道，"别引火烧身！警官，别理他，他疯了。"

"用不着你替他操心，还是让我来管教管教吧。早就想给他上一课啦。"那警官吩咐部下，"给这个小傻子两鞭子，让他学会怎么做人。"

"我看得打六鞭子才能教好。"恰在这时，专门来看事情进展的修爵士骑着马驾到。

小国王被抓住了。他甚至没有挣扎，因为他已经气得浑身僵硬。国王神圣不可侵犯的身体竟然被这样残忍地对待，小国王已出离愤怒。史书上有过国王遭受鞭刑的屈辱记载，可小国王没想到自己也会在史书上留下这样的一笔。眼下的处境太危险了，他孤立无援，要么接受惩罚，要么乞求宽恕，小国王陷入了两难的境地。最后他决定接受鞭刑。国王可以被鞭子打，但绝不能求饶。

还是迈尔斯·亨顿解决了这个难题。"放开那孩子，"他说，"你们这些没良心的狗，难道你们看不见他那么小，那么虚弱吗？让他走。我来受这鞭子。"

"嘿，这点子不错，多谢啦。"修爵士笑嘻嘻地嘲讽道，"放了那小乞丐，让这家伙替他受十二下鞭子吧。要结结实实地来十二下，一下也不能少。"小国王想抗议，可修爵士接下来的话逼得他闭上了嘴："想说什么就说，随便你，但是我得警告你，多说一个字，他就得多挨六下鞭子。"

亨顿被放出足枷，露出了背。他们往他身上抽起了鞭子，可怜的小国王只能背过脸去，情不自禁地泪流满面。"多么勇敢、善良的人，"他心想，"这样的忠诚之举，本王永生难忘。不但我不会忘，我也要叫他们永远忘不了！"小国王恨得咬牙切齿，虽然没法说什么，可心里愈发欣赏和感激亨顿的英勇。他想："是谁救了奄奄一息的小王子？是他！他还细心地照顾我。不过那都是小事，跟现在这件事相比简直不值一提！现在他是在救他的国王，使国王免于受辱！"

亨顿被鞭打时一声不吭，以战士般的坚忍默默承受。人们见他这样勇敢，又想到他是替一个小孩挨鞭子，他们都不禁生出了敬意。

哄笑声逐渐消失，四下里一片安静，只听得见鞭子甩动的声音。亨顿被锁回足枷后，嗤笑起哄的气氛已荡然无存。

小国王静静走到亨顿身边，小声在他耳旁说："善良而伟大的灵魂，本王已无法给你更高的荣誉，因为比国王更高尚的那个存在已赐予你无上的荣耀！不过，本王还是要将贵族的荣誉赐予你。"小国王捡起鞭子，用它轻轻碰了碰亨顿流血的肩膀，小声说："英王爱德华封你为伯爵！"

亨顿深受感动。他热泪盈眶，可眼下这种滑稽的处境又实在让他没法严肃对待，只能使劲忍住不要笑出声。现在他背部赤裸，浑

身是血,被锁在足枷里,但却一步登天,荣封伯爵。对亨顿来说,这一刻他抵达了荒谬的顶峰。他想:"这可真是名副其实的浪得虚名!幻影王国的幻影骑士,现在受封成了幻影伯爵!这就叫羽翼未丰却已登高枝。再这样下去,我简直会变成一根五月柱,身上全是浮华的装饰和假想的头衔。不过我应该珍惜,它们是一文不值,但是饱含着爱意。这些可怜的、玩笑似的虚名,是正直无邪的小国王主动送给我的,比现实世界里卑躬屈膝、看人脸色才能从权贵手里买来的那些头衔要好得多!"

修爵士脸色阴沉地掉转马头,人群默默分开一条路,他便策马

疾驰离开。人群又默默地合拢起来，他们始终没有说话，没人站出来替这犯人求情，也没人赞美他。不过这不要紧，辱骂的消失足以表明人们心中的敬意。有一个人来得晚，没搞清楚状况，莽莽撞撞地跑出来嘲笑亨顿，说他是骗子，还朝他扔死猫。这个人马上就被撂倒了，众人一言不发地把他踢了出去，接着又是一片死寂。

第二十九章

去伦敦

服完枷刑以后，当局释放了亨顿，命令他离开此地，永远不许回来，并把佩剑、驴子和骡子都还给了他。亨顿跨上坐骑离开，小国王也骑着驴跟在他后头。心怀敬意的围观群众一言不发地给他们让道，等他们走后，人群便散了。

很快亨顿便陷入了沉思。他需要想清楚几个非常重要的问题。他该怎么做？就这么走了吗？如果找不到有力的援助，他只能放弃继承权，就此背负起冒名顶替的污名。那么，哪里能找到这样的援助呢？问题就在这里！琢磨了一阵子，亨顿想到了一个可能性，虽然是微乎其微的可能性，但还是值得考虑一下，因为其他方法更是一点儿可能性也没有。他记得老安德鲁斯曾说新国王很善良，愿意为受冤屈的可怜人鸣不平。那么，为何不去求见国王，请他来主持正义呢？没错，一个乞丐想觐见尊贵的君王，确实有些异想天开，但是不要紧，船到桥头自然直。作为一名身经百战的老兵，亨顿最擅长的就是随机应变，到时候肯定能找到解决办法。是的，得去伦敦！父亲的老朋友亨弗莱·马洛爵士没准儿帮得上忙。好心的老亨弗莱可是首席副手，从前不知道是负责先王的厨房还是马厩，具体的亨顿记不清了。现在他有了目标，也有了奔头，笼罩心头多日的屈辱和痛苦终于烟消云散。

亨顿抬头四顾，这才发现自己竟然已经走了这么远，村子被远远地甩在了后头。小国王骑着驴跟在他后面，也在自顾自地低头沉思。亨顿刚生出一点儿喜悦，这会儿又有点儿犯愁了。这孩子愿意跟他回伦敦吗？要知道对年幼的他来说，那里带来的全是痛苦和折磨。不过该问还是得问，不能逃避。亨顿拉住缰绳，喊道："我忘了问您，我们这是要去哪儿啊，国王陛下？"

"去伦敦！"

亨顿继续往前走。这个回答让他十分满意，但也十分吃惊。

一路上平安无事，不过天黑以后却出了岔子。二月十九日晚上十点左右，他们终于踏上伦敦大桥，走进了摩肩接踵、呼号喝彩的人群。无数的火把熊熊燃烧，把一张张醉醺醺的面孔照得一清二楚——就在这时，有个人被绊了一跤，撞上了前面那人的背。那

人转过身,一下就把身边的那个人推倒在地上,他身边那人的朋友转眼又把他给撂倒了。所有人都在为明天盛大的加冕庆典提前庆祝,个个喝得烂醉,爱国热情高涨。不到五分钟,场面变得越来越混乱,十几分钟后已经波及一英亩的范围,升级为暴乱了。亨顿和小国王毫无招架之力,一下就被疯狂的市民们彻底挤散。汹涌的人潮、可怕的骚乱让两个人都迷失了方向。有关他们两个,我们就先说到这里。

第三十章

汤姆有所进步

就在真国王衣不蔽体,食不果腹,跟游民们一起流浪,被他们掌掴、嘲讽,又被关进满是小偷和杀人犯的监牢,背上蠢货和骗子的骂名时,假国王汤姆·坎提却享受着截然不同的生活。

上回说到汤姆的时候,他还只看到了一点点王权的闪光点。如今,那小小的闪光已经变得愈发耀眼,几乎变成了明媚的阳光。他不再害怕和焦虑,也告别了窘迫,变得更加从容自信。他还对替罪书童善加利用,得到了许多好处。他现在会命令伊丽莎白公主和简·格蕾女爵过来陪他玩耍聊天,玩累了便命令她们退下,那态度自然得如同与生俱来。达官贵人们退下时行的吻手礼也不再让汤姆感到无所适从了。

现在汤姆很享受晚上仆人们郑重其事地伺候他就寝,也喜欢早晨烦冗的着装仪式。在身着华服的大臣和护卫队的护送下去用晚膳更是让他又欢喜又骄傲。由于他十分迷恋这个过程,还特意让近卫队人数加倍——现在有一百人了。他喜欢听号角声在长长的走廊里回荡,还喜欢听远远传来的回应:"国王驾到!"

现在的汤姆甚至开始享受头戴王冠出席议会的过程,并且不满足于只是重复护国公的话。他

喜欢接见各国使臣和他们的大批随从，喜欢听他们读他国国君写来的信笺。他们在信里跟汤姆称兄道弟。噢，来自垃圾院的汤姆·坎提现在真的非常幸福！

他喜欢那些漂亮的衣服，下令又做了很多套。他认为自己身份这样显赫，四百个仆人远远不够，于是数量又增加到三倍。他也喜欢听大臣们的阿谀奉承，简直如同聆听仙乐。不过汤姆依然是那个温柔善良的孩子。他还是坚决地和被压迫的人站在一起，不知疲倦地对不公正的法律发起挑战。若是有人出言冒犯，他便会给那位伯爵甚至公爵甩过去一个眼神，把他们吓得瑟瑟发抖。有一回，阴郁的玛丽公主跟他展开了辩论。她认为汤姆不该赦免那么多犯人，他们理应被关进大牢，要么吊死，要么烧死。她提醒汤姆，已逝父王当年治国有方，所设的监狱一天最多关过六万人，还把七万两千名小偷和强盗送上了断头台。这话让汤姆非常气愤，立即责令玛丽公主回房思过。他真心诚意地向上天祈祷：快把这个姑娘的铁石心肠变回人类充满仁爱的心吧！

那么，汤姆·坎提想过可怜的真正的小王子吗？要知道他曾经那样善待过汤姆呀。汤姆被守门的卫兵侮辱的时候，小王子可是不由分说就冲出去为他打抱不平。汤姆是想过的。刚当国王那阵子，他每天每夜都在痛苦地思念失踪的王子，诚心诚意地盼着他回来，而自己一定会高高兴兴地让所有的权力和荣耀物归原主。可时间一天天过去，王子始终没有回来，汤姆自己却对这种全新的生活渐渐着了迷。失踪的小国王慢慢从他脑海中消失，最后即使偶尔想起，小王子也成了不受欢迎的鬼影，因为他会让汤姆感到愧疚。

汤姆可怜的母亲和姐姐们同样从他脑海中消失了。起初他思念她们，心疼她们，渴望见到她们。可后来，一想到某天穿着破衣烂衫的她们突然出现，用她们的吻揭穿自己的真实身份，让他从高高的王位跌落，掉回肮脏的贫民窟，汤姆就不禁瑟瑟发抖。最后他几乎不去想她们了，对此他很满意，甚至感到高兴。因为一旦她们充满悲伤和责备的面孔浮现在眼前，汤姆就会感到自己比爬在地上的蠕虫还要卑劣。

二月十九号夜里，汤姆·坎提躺在王宫富丽堂皇的床上，即将进入梦乡。门口有王室卫士把守，身旁堆着无数王室专属的奢侈品。他真是太幸福了，明天他就要戴上王冠，庄严登基，成为一代英王。然而此时此刻，真正的国王爱德华却又渴又饿、又脏又累，被骚乱弄得筋疲力尽，衣不蔽体。他跟兴致勃勃的老百姓们站在一起，大家都在围观为明日的加冕做准备工作的侍从：他们正匆匆忙忙地在威斯敏斯特教堂跑进跑出，如同蚂蚁一般忙碌。

第三十一章

相 认

第二天早上醒来，汤姆·坎提就发现四周的气氛变得隆重了，到处人声鼎沸。在他听来这喧闹声犹如动听的乐曲，显然，忠诚的国民已经准备好要全力庆祝这个伟大的日子。

不久，汤姆再次乘上了王室驳船。气派的游艇队伍开道，驳船行驶在泰晤士河上。自古以来，加冕游行必须从伦敦塔出发，穿过整个伦敦城，他也必须遵从这个传统。

汤姆的船抵达伦敦塔时，围绕塔身的那圈垒口就像突然裂开了一千条缝，每条缝里都喷出火舌，漫出白烟。与此同时，震耳欲聋的爆炸声几乎将人群的呼喊声淹没，天地仿佛都为之摇撼。短短的时间里，火焰不断喷吐，爆炸声反复轰响，不多时，古老的伦敦塔便在漫

天的烟雾中隐去，唯有最高的被称为"白塔"的塔顶还能得见。白塔插着旗帜，从厚厚的烟雾中伸出，犹如耸立云端之上的山尖。

汤姆·坎提身着盛装，骑着骏马，马身上的华丽装饰几乎要垂到地面。他的"舅舅"萨默塞特护国公也骑着类似的骏马紧随其后。身披锃亮盔甲的卫兵排成一行肃立两侧。跟在护国公身后的队伍长得仿佛没有尽头，全是身着华服的贵族及其随从。市长和议员跟在贵族身后，他们身着猩红色天鹅绒长袍，胸佩金链。之后是伦敦各行业工会的领袖和代表，个个身着盛装，高举的鲜艳条幅上写着他们的行业名称。游行队伍里还有伦敦城特别荣誉守卫，古老而光荣的炮兵团。在那个时候，这个组织就已经有三百年历史了，他们是唯一拥有特权的英国军事团体，能独立行动，不受议会管束（这项特权如今依然如此）。游行队伍盛况空前，百姓们夹道相迎。史书上是这么写的：

> 国王进入伦敦城，迎接的百姓纷纷致以祝福、欢呼、高喊和赞语，表明对君王的真心爱戴。国王向远处的民众点头致意，又对近旁的百姓温言道谢，爱民之心同样深切。对希望国王安好的人们，他表示感谢。对说"苍天保佑吾王"的人，他回应"苍天保佑你们"，又说"衷心感谢人民"。看到国王亲切的回应和姿态，百姓无不欣喜若狂。

芬丘奇街上搭了一座台子，一个长相漂亮、衣饰精美的小孩站在上面致欢迎词，最后几句是这样的：

> 欢迎吾王，民心所向；
> 欢迎吾王，齐声颂唱；
> 奔走相告，心潮澎湃；
> 天佑吾王，万寿无疆。

欢声雷动，人们齐声重复那孩子的话。一眼望去，汤姆·坎提看到的都是热情的面孔，他不禁有些扬扬得意，认为世上只有一件事情值得做，那就是当国王，成为全国人民的偶像。没过多久，他注意到远处有几个熟悉的身影，那正是衣不蔽体的垃圾院小伙伴，其中一个还在汤姆之前创立的妄想国里担任议会的高官，另一个不正是妄想国的首席内务嘛。汤姆骄傲的心更加膨胀了。啊！要是能被他们认出来该多好呀！要是他们发现自己嘲讽的贫民窟国王竟成了真正的国王，衣着光鲜的伯爵和亲王都得低三下四地伺候他，整个英国都在他的掌控中，那该是多么难以言喻的荣耀！不过汤姆不能暴露身份，只得按捺住这样的想法。相认付出的代价可比收获大得多。于是汤姆转过头，不再理会那几个兴高采烈的脏小子，那几个孩子更是完全没意识到自己正对着谁喝彩。人们不时喊着："赐赏钱吧,赐赏钱吧!"汤姆便撒出一把把崭新闪亮的钱币,引来一阵阵哄抢。

史书上是这么写的:

在伦敦城的恩典堂街街北、雄鹰标志前竖立着华美的拱门,拱门之下设有舞台,延伸至整个街面。这是一场盛大的历史的展演,展现的是国王和他的直系先祖。[1] 约克的伊丽莎白[2]端坐于大型白玫瑰花的中心,四周花瓣环绕,构成精美的裙摆。她身旁是亨利七世,站在巨大的红玫瑰花中央,摆出同样的姿态。这对王室夫妇双手紧握,结婚戒指招摇地显露在外。一根长茎自红白玫瑰间探出,延伸至第二舞台,上面端坐着亨利八世,也被红白玫瑰环绕,旁边摆放着新王之母简·西摩的假人像。一根长茎再从这对伉俪中间伸出,攀上第三舞台,爱德华六世本尊的假人像,威严端坐于王位之上。红白玫瑰交织在一起,环绕着整个舞台。

---

1. 一种古老的戏剧形式,中世纪时期最盛。这类戏剧往往在移动马车上进行,由演员重现一些重要的历史或宗教场景,以教化不识字的民众。后来这样的演出逐渐演变为一种含有戏剧元素的公开表演,如由真人扮演重现历史场景等,多见于盛大的庆典或集会。
2. 约克的伊丽莎白:约克王朝的公主,英王亨利七世的王后,也是亨利八世的母亲。因为亨利八世的女儿也叫伊丽莎白,为了表示区别,人们通常称呼这位王后为约克的伊丽莎白。

精美别致的场景让欢庆的民众激动不已,欢声雷动。虽然那个小孩子读起致辞来抑扬顿挫,可现在他的声音是一点儿都听不到了,汤姆·坎提并不遗憾。不论孩子读的颂歌多么高雅,忠诚百姓的欢呼听起来都要更悦耳。年轻的满脸喜悦的汤姆向四周的人群望去。百姓们都得以一睹爱德华六世的真容,他们发现那假人像栩栩如生,与国王本人是多么相似,眉眼都能一一对上,就这样掀起了一阵又一阵雷鸣般的喝彩。

精彩的舞台一个接着一个。汤姆穿过一扇扇凯旋门,看到一连串令人眼花缭乱的壮观场景,一幅幅"活人画"通过再现经典的场景颂扬着王室的美德、才华与功绩。齐普赛街的每座阁楼和每扇窗口都挂着条幅和长旗,华丽的地毯、毛呢和织金布铺满街面,那是各家商铺在彰显自家货品的充盈。其他街道的华美程度跟此处不相上下,甚至有过之而无不及。

"这些盛大的场面,这些奇景,都是为了欢迎我——我!"汤姆·坎提喃喃自语。

假国王兴奋得满脸通红,两眼放光,全身心沉浸在巨大的幸福之中。就在这时,就在他抬手准备再撒一次赏钱的时候,突然,他看到了一张苍白惊惧的面孔。那人正拼命从第二排往里挤,一双眼睛直勾勾地盯着汤姆。汤姆吓得差点儿胃部痉挛,他认出来了,那是母亲!汤姆情不自禁地用手遮住眼睛,掌心朝外——这个动作已

经成了他的肌肉记忆,但那件往事他早就不记得了。女人立刻冲出人群,越过卫兵,跑到了汤姆身边。她抱住汤姆的腿不断亲吻着,一面哭喊道:"噢,我的孩子,我心爱的孩子!"她在汤姆面前抬起头,脸上写满了喜悦和爱。就在这时,强壮的王室卫兵长官大骂着捉住她,把她粗暴地拽走了。这幕惨剧发生的时候,汤姆·坎提嘴里说着:"我不认识你,女人!"心里却因为母亲受辱而痛苦不已。女人转身想再看汤姆一眼,可是马上被人群淹没了。她的表情是那么受伤,那么心碎,让汤姆心中涌起了强烈的愧疚感,瞬间将之前的志得意满冲得一干二净。偷来的国王身份就此坍塌,所有的荣光变得像碎布头般一文不值,散落一地。

游行队伍没有停下,继续往前行进。围观群众愈发声势浩大、热情高涨。可对汤姆·坎提而言,这些仿佛已经不复存在,他什么也看不见,什么也听不见。王室地位不再光华四射、引人回味。欢呼听起来如同斥责,悔恨啃啮着汤姆的心。他说:"老天啊,快让我逃出这囚笼吧!"

不知不觉间,汤姆又开始用当初刚成为王子时的那种方式说话了。

闪耀的游行队伍往前走着,如同一条看不到头的发光巨蟒,穿过无数高呼万岁的百姓,在古城的街巷间蜿蜒前行。可国王却一直低着头,他无神的双眼只看得到母亲的脸和她受伤的神情。

"赏钱!赏钱!"汤姆茫然地听着人们的呼喊。

"爱德华国王万岁!"高呼声像是要撼动天地,可汤姆却无动于衷。那声音虽然如同隆隆的雷鸣,可在汤姆听来却恍如遥远的海浪声,被另一个离他更近的声音完全盖过。它来自汤姆灵魂深处那备受煎熬的良心,那声音不断重复着这样几个可耻的字:"我不认识你,女人!"

汤姆的灵魂被击溃了,就像死里逃生的人听到丧钟在敲响,立即想到是自己的背叛害死了他人。

每个街角都有新的奇景,每个转弯都带来更壮观的场面,每一刻都能听到迎接的群众爆发出按捺已久的欢呼。可国王对这些毫无反应,他备受煎熬,满心都是那个斥责自己的声音。

百姓们脸上的欢乐也渐渐笼上了阴云。大伙儿犯起了嘀咕，欢呼声也变小了。敏锐的护国公立即注意到了这个变化，于是策马来到国王身旁，在马鞍上摘帽鞠躬，然后说："陛下，现在不是胡思乱想的时候。您要是一直这样低头皱眉，百姓们会认为是不祥之兆。您得振作起来，让王室的威严如太阳般驱散这不祥的阴云！抬起头，对人民笑笑，陛下。"

护国公边说边抓起一把钱币撒向左右，然后回到了原位。国王机械地听从了他的指令。好在百姓们离得远，也没有那么敏锐，察觉不到国王只是在强颜欢笑。汤姆向百姓点着头，帽子上颤动的羽毛和之前一样优雅，撒起赏钱也和之前一样慷慨。忧虑烟消云散，欢呼声又像之前一样震耳欲聋。

游行队伍即将抵达终点。护国公不得不再次策马往前，悄声告诫国王："尊贵的陛下！千万别再开可怕的玩笑了，全世界都在看着您呢。"接着，他又有些恼火地补上一句："那个疯婆子真该下地狱！都怪她扰乱了陛下的心神。"

尊贵的国王两眼无神地看着护国公，用死气沉沉的声音说："她是我的母亲！"

"我的老天爷！"护国公呻吟着，勒马退回原位，"果然是不祥之兆！他又疯了！"

第三十二章

加冕日

让我们把时间倒转几个小时,来威斯敏斯特教堂看看吧。现在是值得纪念的加冕仪式当天凌晨四点,可是教堂并非空无一人。虽然天还没亮,但是点着火把的楼座里已经挤满了人。他们心甘情愿地坐在这里等候七八个小时,就为了能目睹那千载难逢的盛事——国王的加冕。没错,当凌晨三点的号令枪响起的时候,伦敦城和威斯敏斯特教堂就醒了。没头衔的有钱人买下了楼座上的一席之地,此刻他们正潮水般地从专为他们留的入口涌进来。

枯燥的时间一分一秒过去。骚动已经停歇有一阵子了,楼座里早就坐得满满当当。现在我们也坐下,慢悠悠地看看这里吧。借着教堂内的微光往两侧及远端看去,我们得以瞥见楼座和阳台的部分区域,里面都坐满了人，不过立柱和其他突起的结构还是遮挡了一部分视线。我们能看到宽敞的北部耳堂，那里空空荡荡，等候着英国权贵的驾临。我们还能看到阔大的中厅，那里铺着华贵的地毯，正中矗立着国王的宝座。宝座下方有一块粗粝的扁石，即加冕石。每代苏格兰国王都坐在这块石头上接受加冕，多年以后，英国也沿袭了这一神圣传统。宝座和踏脚凳上都铺着金布。

教堂里十分静谧。火把的光单调地跃动着，时针一点点慢慢挪动。终于，姗姗来迟的日光露面了。火把熄灭，淡淡的晨光在宏伟的教堂内弥漫开来。这座富丽堂皇的建筑现在是纤毫毕现，但还是显得相当朦胧梦幻，因为有层薄云遮住了今天的太阳。

到了七点，这种令人昏昏欲睡的乏味氛围终于被打破。伴随着钟声，第一位女贵族进入了耳堂，她穿得像所罗门王一样华丽。一名身着丝绒制服的小厮把她领到指定位置，另一名打扮得一模一样的小厮提着她长长的裙摆紧随其后。等女贵族坐下，他便将裙摆横放在女贵族腿上，又依照吩咐摆好踏脚凳，把冠冕放到女贵族方便拿取的地方，因为等时候一到，全体贵族都得同时把冠冕戴上。

女贵族们如同闪亮的小溪，陆续拥进了耳堂。身穿丝绒制服的小厮四处奔走，伺候她们就座。现在气氛活跃，处处热闹非凡，流光溢彩。不多时，场内再次安静下来，因为女贵族已经全部到场入座。一英亩见方的耳堂俨然成了人的花海，缤纷的色彩鲜艳夺目，她们满身的钻石像银河般熠熠生辉。各年龄层的女贵族都来了：有肤色棕黄、满脸皱纹、头发雪白的老贵妇，她们可以沿着时间的长河一直往前追溯，回忆起当年理查三世的加冕场景，那些被遗忘的往昔可是发生过不少麻烦事；美貌的中年贵妇和青春勃发的美丽少女也在现场；还有一些温柔可爱的小姑娘，眼睛闪闪发亮，满脸青涩，也许伟大时刻来临的时候，她们会把那顶镶珠嵌玉的冠冕戴得

歪歪扭扭，毕竟这对她们来说是第一次，兴奋的心情很可能会成为令人尴尬的绊脚石。当然，也许不会有这样的问题，为了在号声响起的时刻快速戴好冠冕，她们早就梳好了特殊的发型。

在座的女贵族每人身上都缀满了钻石，这样的场面已经相当令人咋舌，不过接下来这一幕才称得上是真正的奇观。大概九点钟的时候，云层忽然散开，一束阳光穿过薄云，缓缓扫过这一排排女贵

族，每照到一处仿佛都会燃起璀璨的七色火焰。这绝美的画面真是如触电般让人指尖发麻！这时，一位来自遥远东方的特使带领着全体外国使节正阔步走入堂内。他正巧从那束阳光中穿过，霎时间全身流光溢彩，美得令人无法呼吸。他从头到脚都镶满了宝石，只需轻轻一动，跳跃的光点便会洒向四面八方。

　　为方便起见，让我们加快时针的转动吧。时间就这样一分一秒地过去——一小时，两小时，两个半小时，这时，隆隆的炮声响起，昭示着国王和他盛大的随行队伍终于大驾光临。等候的人群立刻兴奋起来了，不过大家都知道还得等上一阵子，因为国王得先去做准备，为这场肃穆的仪式穿上专属的礼袍。但这个空当并不无聊，因为身着隆重礼袍的英国贵族们正次第入场。侍从们遵循礼节引着贵族们入座，再把冠冕放在他们手边。楼座里的人们这会儿兴致很高，因为他们大多数都是第一次看到这样的场面，要知道这些都是家族头衔延续了五百多年的公爵、伯爵和男爵呀。所有贵族就座后，从楼座区到贵宾区，每一处都是座无虚席，那画面真是令人难忘。

　　现在，头戴法冠、身披法衣的主教及其随从列队登上平台，站在指定位置；随后登场的是护国公等国务重臣，身后都各自跟着一名全副武装的王室护卫。

　　全场屏息以待。随着一声令下，激扬的乐声响起。汤姆·坎提身穿织金长袍出现在一扇门前,接着登上了平台。全体起立,加冕仪式正式开始。

神圣的赞美诗响彻教堂,使者开道相迎,引领汤姆·坎提走向宝座。古老庄严的仪式在肃穆的氛围中依序推进,观众们看得目不转睛。仪式一步步接近尾声,可汤姆·坎提的脸色却越来越苍白。越来越深的恐惧和绝望重重地压在他的心头,压在那颗悔恨的心上。

现在到了最后一个环节。大主教从软垫上拿起英王王冠,高高举起,准备把它放到浑身颤抖的假国王头上。与此同时,两侧宽敞的耳堂闪出一片七彩光芒,原来是在场所有的贵族都拿起了各自的冠冕,悬到头顶,就这样保持着这个姿态。

教堂一片肃穆。就在这个重要的时刻,一个黑影闯入了画面——由于大家都在聚精会神地看着仪式,谁也没注意到这个黑影是怎么出现的。他就这样沿着宽敞的中央通道往前走去。那是个小男孩,没戴帽子,穿着破破烂烂的鞋子和褴褛的平民粗布衣。他举起手,脸上庄重的神情跟那脏兮兮的穷酸样形成了鲜明的对比。接着,那孩子警告道:"不许把英王王冠放到那个没资格的脑袋上。我才是国王!"

有几只手愤怒地伸出,眨眼间就把那孩子抓了起来。可与此同时,身穿华丽礼服的汤姆·坎提却急忙踏出一步,厉声高喊:"住手!别动他!他真是国王!"

这话一出,举座皆惊。大家从座位上半站起来面面相觑,再看看这幕闹剧的两位主角。所有人都蒙了，简直不知道自己是醒着还是在做梦。护国公同样大吃一惊，不过很快就冷静下来，大声下令："不要听国王陛下的话，他又失去神志了，把那个乞丐抓起来！"

眼看其他人就要听从吩咐，假国王跺着脚大喊起来："你敢！别碰他，他就是国王！"

那些人的手又缩了回去，教堂里的人都僵住了。没人动，也没人说话。确实，事出突然，又如此荒谬，没人知道该怎样行动，该说什么话。人们还在努力厘清这一切的头绪，那个小男孩却始终没有停下从容自信的脚步，他从没想过要停下。大家还在乱作一团时，这个男孩已经走近了。假国王一脸欣喜地迎了上去，他在男孩面前双膝跪下，说："国王陛下，请先允许可怜的汤姆·坎提向您宣誓忠诚；然后请您戴上您的王冠，坐回您的王位吧！"

护国公狠狠地瞪着那个闯进来的孩子，可一看到他的脸，眼中的凌厉却立即化作不可思议。其他王公贵族也是一样。人们面面相觑，接着不禁同时后退了一步。大家的想法都一样："这两个人长得也太像了！"

护国公皱着眉头思索了几秒钟，接着彬彬有礼地说道："如果可以的话，先生，我有几个问题，不知是否——"

"您问吧，大人。"

护国公问了许多有关议会、先王、王子和公主的问题，男孩不但毫不犹豫地给出了正确答案，还将王宫内部、先王寝宫及威尔士亲王私室的陈设都描述了一番。

这事很古怪、很神奇，也很难解释，在场的人都这么想。情势有所扭转，汤姆·坎提燃起了希望。可护国公摇摇头，说："的确答得很漂亮，但这些我们的国王陛下也说得出来。"听到这话，汤姆·坎提感觉自己还是被他视为国王，不由得心一凉。"这证明不了什么。"护国公补充道。

浪头正急速逆转，速度确实很快，但是方向错了，它让可怜的汤姆搁浅在宝座上，将另一个孩子卷入了大海。护国公沉吟着，一面摇着头，一面禁不住想："这件谜案事关重大，再这样纠缠下去恐怕危及百姓社稷，甚至使国家分裂，让王室蒙羞。"于是他转身下令："汤玛士大人，快逮捕这个——不，等等！"护国公的眼睛忽然亮了，他立即问了这位破衣烂衫的国王候选人这样一个问题："国玺在哪里？只要你答得上来，这个问题就能迎刃而解，因为这件事只有威尔士亲王知道！没想到江山社稷竟维系在这样一件小东西上！"

这点子来得巧，也想得妙。大臣们彼此对视，眼神中透露着赞许，都在为护国公暗暗叫好。没错，只有真正的国王才能解开令人头疼的国玺丢失之谜。显然有人事先教过这个可怜的小骗子，不过现在可派不上用场了，因为就连教他的老师也答不出国玺在哪里！噢，聪明，真是太聪明了，他们马上就能脱离困境，解除危机啦！

大臣们微不可察地点着头,心中窃笑,等着看这个傻小子被问住后垂头丧气的样子。因此当那孩子做出截然相反的反应时,他们是多么惊讶啊。真没想到,那孩子竟然迫不及待地做出了回答,而且充满自信、毫不费力。"这根本不算什么谜团,"接着,他一句客气话都没讲,转身就开始发号施令,那习以为常的姿态显得相当自如,"圣约翰勋爵,到我的内室去,你最熟悉那里。你会在离前厅门最远那面墙的左下角看到一颗铜钉帽,按下它,会有一个小珠宝匣弹出来。这机关连你都不知道。不,在这世上,除了我,还有为我制作机关的那个忠心耿耿的匠人,没人会知道。你往里看,第一眼就能看到国玺。把它拿到这里来。"

这番话听得大伙儿目瞪口呆,更不可思议的是,这小乞丐可以毫不露怯、不带一丝犹豫地认出这名贵族,还从容地直呼他的大名,就像跟他十分熟稔(rěn)一样。圣约翰勋爵也慌了,几乎要应命,他甚至就要动身出发,不过很快冷静了下来,只有涨红的脸透露出内心的慌乱。结果汤姆·坎提厉声对这位勋爵说:"还愣着干吗?没听到国王陛下的命令吗?快去!"

圣约翰勋爵赶紧深鞠一躬。看得出来这个鞠躬很谨慎、很含糊,不是对着某一位国王,而是对着他们两个中间。勋爵离开了。

身着华服的达官显贵们开始悄悄地移动了,移动的方向还很统一。就像慢慢转动一只万花筒时,那些闪光的碎片会逐渐从中心偏移,向外侧滑落。目前站在汤姆·坎提身旁的闪光碎片正在慢慢往外滑,滑向新来的小孩身边。汤姆·坎提身旁的人渐渐变少了。中途也有人在观望和犹豫,不过到了后来,就算是始终留在汤姆·坎提身边最谨慎的那几个人也鼓起勇气,陆陆续续地挪到人数更多的那边了。最后,那边偌大一片空地上只留下了穿着王室礼袍、戴着王室珠宝的汤姆·坎提一个人,孤零零地站着,被整个世界遗弃,这画面真是意味深长。

这时大家发现圣约翰勋爵回来了。所有人都急切地望向中央通道。嗡嗡作响的窃窃私语声完全停止,四下里一片寂静,只听得到圣约翰勋爵单调的脚步声正一步步由远及近传来。人们屏息凝神,目不转睛地看着他走近。勋爵走上平台,停顿片刻,接着对汤姆·坎提深鞠一躬,说:"陛下,国玺不在那儿!"

大臣们瞬间脸色苍白,惊恐地从那个寒碜的、小小的、号称王位所有者的小家伙身边撤走了,比躲开瘟疫病人的速度还要快。转眼间,小乞丐成了孤零零的那个,没有朋友,更没有支持者,仿佛成了一个"靶子",承受着周遭人的嘲讽和恼怒的眼神攻击。护国公急忙喊道:"快把这乞丐扔出去,抽鞭子游街!卑鄙的无赖!没必要听他多说一个字!"

护卫队奉命往前冲,汤姆·坎提却举手拦住了他们。他说:"退后!我看谁敢碰他!"

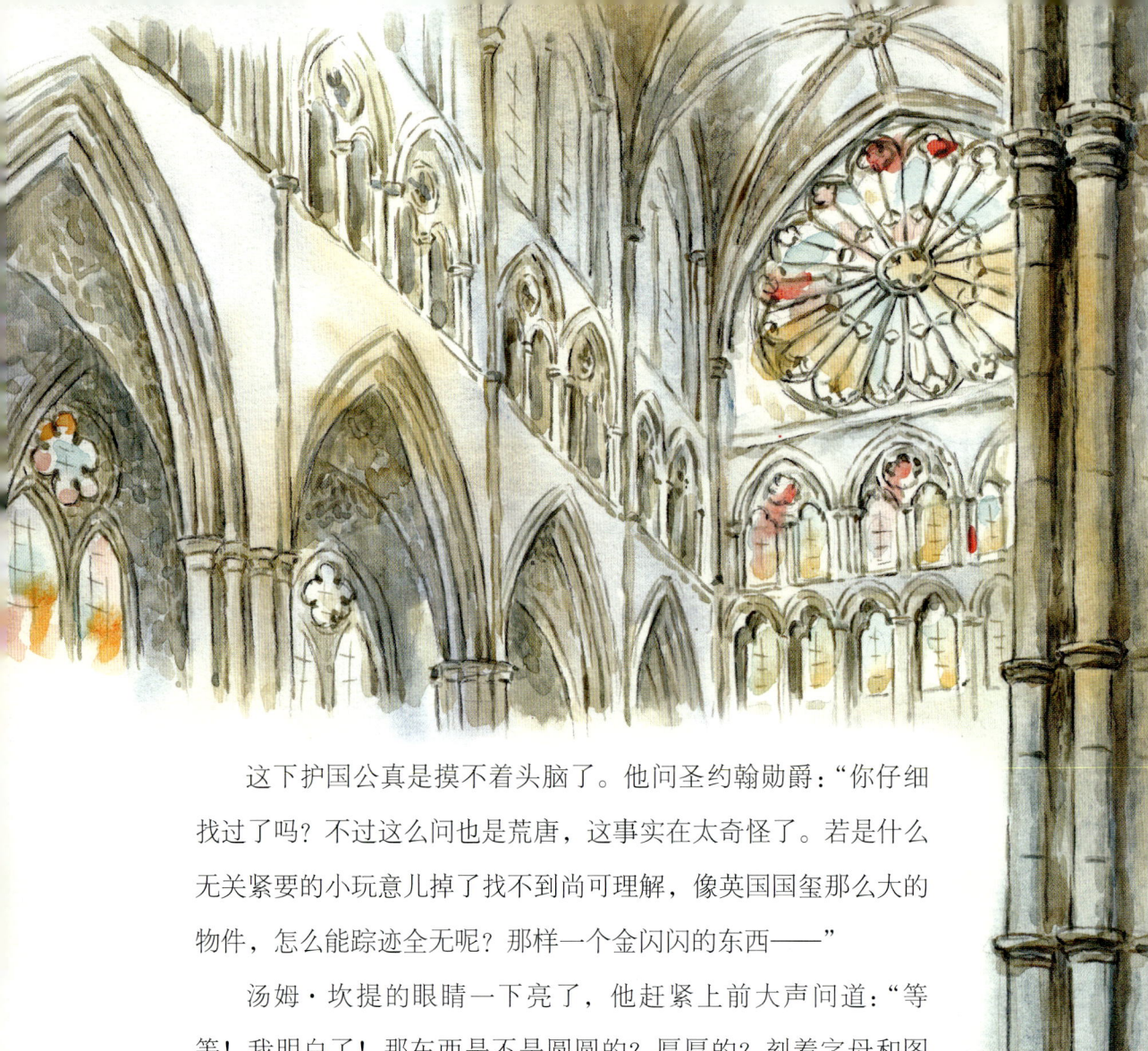

  这下护国公真是摸不着头脑了。他问圣约翰勋爵:"你仔细找过了吗?不过这么问也是荒唐,这事实在太奇怪了。若是什么无关紧要的小玩意儿掉了找不到尚可理解,像英国国玺那么大的物件,怎么能踪迹全无呢?那样一个金闪闪的东西——"

  汤姆·坎提的眼睛一下亮了,他赶紧上前大声问道:"等等!我明白了!那东西是不是圆圆的?厚厚的?刻着字母和图案?我说对了?啊,总算知道你们一直在操心的那个国玺是什么了。早告诉我它长什么样,三个礼拜前我就能给你们找出来。我知道那东西在哪儿,不过,并不是我把它藏起来的。"

  "那么是谁呢,陛下?"护国公问。

  "就是站在那里的那位真正的英国国王呀。我要请他亲口告

诉你那东西的位置,这样你就会相信他本来就知道这件事。国王陛下,请您好好回忆回忆,仔细想想:您穿上我的破衣服,冲出王宫,去惩罚侮辱我的卫兵之前,最后做了什么?"

众人都安静下来。没人动,也没人说话,大家目不转睛地盯着新来的孩子。他站在原地低着头、皱着眉,拼命地回想着。在许许多多无关紧要的细枝末节里,就藏着这件快要被遗忘的小事,只要能想起来,他就可以重新回到王位;可要是想不起来,他就会永远沦为一个无依无靠的小乞丐。几秒钟过去,几分钟过去,那孩子一言不发,绞尽脑汁地回忆着,但始终给不出任何答案。最后，他叹口气，慢慢摇着头，颤抖着嘴唇，沮丧地说："我回忆了那天的事情，每个细节都想了，就是想不起跟国玺有关的部分。"他顿了顿，抬起头，依然不失骄傲和自尊："先生们，勋爵们，如果因为我想不起来，无法证实自己的身份，你们就要剥夺英国国王的合法权利，我也无话可说。但是——"

"哦，这简直是疯了！我的国王呀！"汤姆·坎提惊慌失措地大喊起来，"等等，你再想想吧！别放弃！咱们还没彻底完蛋哪！不会这样的！你仔细听我说的，每个字都要听进去，我要重现那天早晨的事，分毫不差地讲给你听。我们聊天时，我跟你说了我的姐姐楠和贝特的事。是的，这你记得。然后，我提到了我的奶奶，还有我们垃圾院小孩会玩的野蛮游戏。没错，这你也都记得，很好，再听我往下说，你都会想起来的。你给了我一些吃的喝的，还很有王子风度地让仆人们退下，因为你担心像我这样身份低贱的人在他们面前会不自在。哦，是的，这你也记得。"

汤姆细数着每一件小事，另一个孩子点着头表示确认。在场的所有人，包括大臣们，都站在旁边一头雾水地看着这个不可思议的画面。汤姆说的事听起来很像是真实发生过的，可王子又是怎么跟乞丐走到一起的呢？大家再也没有比现在更困惑、更好奇、更吃惊的了。

"出于好玩，我的王子，我们确实交换了衣服，然后站到了镜子前头。我们长得实在太像了,以至于我们都觉得,简直就像没换过衣服似的。没错,这你也记得。接着你发现那个卫兵把我的手弄伤了。瞧!就是这儿,我到现在还没法用这只手写字,手指头还僵着呢。一听这事,你就跳起来,发誓说要给那个卫兵一点儿颜色瞧瞧,然后就要跑出门。你路过一张桌子,你们说是国玺的那个东西就放在那张桌子上,你把那东西抓起来,急切地四处张望,像是想找个地方藏起来,这时候你看到了——"

"我想起来了!完全想起来了!感谢老天!"自称是国王的小乞丐激动地高喊起来,"快去,亲爱的圣约翰大人,国玺就在墙上挂着的那套米兰盔甲的手臂里头!"

"没错,我的国王!没错!"汤姆·坎提喊道,"英国的权柄又回到您手里了!谁再敢出声否认,还不如生下来就是个哑巴!快去吧,圣约翰阁下,给您的双脚插上翅膀!"

现在所有人都站起来了。大家既紧张不安又激动不已,简直快精神错乱了。台上台下,所有宾客大臣们全都拼命议论起来,说话声震耳欲聋。有好一阵子人们不是在对着别人吼叫,就是在听别人对自己吼了些什么。大家对其他事情都失去了兴趣。时间在不知不觉间一分一秒地过去,没人知道究竟过了多久。突然,所有人都停止了说话。只见圣约翰勋爵站在主台上,高高举起了手中的国玺。

高呼声随即响起:"真国王万岁!"

叫喊声、喝彩声和音乐声持续了整整五分钟，如海浪般席卷了整个教堂，人们手中挥舞的手绢便像那浪头涌起的雪白泡沫。整个英国最显赫的孩子穿着破烂的衣裳站在宽阔平台的正中央，涨红的脸上满是喜悦和骄傲，脚边跪着整个王国的大臣。

接着所有人站起来。汤姆·坎提说："国王陛下，请拿走您的盛装，把破衣裳还给您的仆人，可怜的汤姆吧。"

护国公说："把这个小骗子的衣服脱下来，关进伦敦塔！"

可新国王，也就是真国王却说："不行。若不是他，我怎能取回属于我的王冠？不许碰他，不许伤害他。至于你，我亲爱的舅舅，伟大的护国公，你对他下这样的指令，是否有些忘恩负义？我听说他已封你为公爵了。"护国公闻言红了脸。"既然他并非真国王，你这个头衔现在又值多少？明日你当同他一起上奏，重新确认爵位赐封事宜。否则你还是放弃这个封号，像从前那样当勋爵算了。"

挨了国王的一番训诫后，萨默塞特公爵只得退下。国王对汤姆和气地说："可怜的孩子，亏你还记得藏国玺的地方，我自己都差点儿忘了。"

"噢，我的国王，那是当然，因为我每天都会用呀。"

"你每天都用，却说不出国玺在哪儿？"

"我不知道那就是他们要找的东西，他们没告诉我国玺长什么样啊，陛下。"

"那你用它做什么呢?"

汤姆的脸慢慢地涨红了。他垂下眼睛,不敢吭声。

"说吧,别害怕,"国王说,"你用伟大的英国国玺做了什么?"

可怜的汤姆吞吞吐吐地说:"用来砸核桃!"

可怜的孩子!教堂里的哄笑声劈头盖脸地涌上来,那气势差点儿把汤姆掀翻在地。但凡有谁还心怀忐忑,认为汤姆·坎提才是那个熟悉王室礼节的英国国王,这句回答也彻底打消了他们所有的疑虑。

汤姆脱下奢华的王室礼袍,给小国王披上。礼袍把破衣服盖得严严实实的,加冕仪式继续进行。真正的国王接受了涂油礼,戴上了王冠。宣告喜讯的礼炮声响起,整个伦敦城欢声雷动。

第三十三章
爱德华重登王位

　　被卷入伦敦大桥的骚乱之前，迈尔斯·亨顿的模样就已经够惹人嫌了，逃出去以后更是惨不忍睹。踏上大桥时他的钱就少得可怜，逃出来时连这点儿钱也没了，小偷们把亨顿扒了个干干净净。

　　不过这都无所谓，重要的是他得找到他的孩子。身为一名战士，亨顿绝不会仓促行动，第一步一定是认真地部署。

　　那孩子会去做什么？会去哪儿？亨顿推测，按照常理他会回以前的家。因为不管神志正不正常，无处可去的流浪者想回自己的家是人的本能。那他以前的家在哪儿呢？他那身破衣服，加上那个号称认识他的小混混，还有自称是他老爸的家伙，都说明他应该住在伦敦最穷最乱的地方。这会不会很难找？会不会花很长时间？不，应该很快就能找到。他用不着直接找那个孩子，可以先找看热闹的人，不论围观的规模是大是小。用不了多久他就能发现那个可怜的孩子。那帮坏心眼的家伙肯定会拿他寻开心，因为他会像平时那样自称是国王。他，迈尔斯·亨顿可以过去放倒几个捉弄他的家伙，再把小疯子带走，说几句好话哄哄他，之后他们就再也不会分开了。

就这样，亨顿开始了搜寻行动。他在附近的脏街烂巷艰难地搜寻了好几个钟头，发现了好些聚在一起的家伙，可男孩却踪迹全无。他很意外，但并没灰心。他觉得方向是没错的，唯一的误算是他本以为能速战速决，现在却得做持久战的准备。

天蒙蒙亮时，亨顿已经走了很多路，找了很多人，唯一的收获是累得够呛，还又饿又困。他想吃早饭，又不知道上哪儿去弄，乞讨显然不在考虑范围之内。他想过典当佩剑，但马上又觉得不能抛弃荣誉，衣服倒是可以卖，但估计没人会买他这身破烂。

他深一脚浅一脚地走着，直到中午，他混入了人群，跟在王室游行队伍的后头。他觉得小疯子肯定会喜欢这场王室盛会。游行队伍穿过伦敦曲折的街巷，一路通向威斯敏斯特教堂，亨顿就跟在队伍后面。他花了很长时间，找遍了附近聚集的人群，始终是一无所获，这让亨顿非常不解。终于，他远离了人群，边走边想着也许是该调整一下方向。等回过神来的时候，亨顿发现自己已经把伦敦城远远抛在了身后，时间也到了一天中的薄暮时分。他现在所在的位置是泰晤士河旁的郊区，这里看着富庶体面，应该不会欢迎穿成他这样的人。

　　好在天气不算冷。亨顿找到一处树篱，在背阴处躺下休息，脑子里依然琢磨着那孩子的事。不久睡意袭来，蒙眬间，亨顿听到远处传来礼炮声，心想："新王登基了。"接着他便立即陷入了昏睡。要知道他已经超过三十小时不眠不休了。这一觉一直睡到了第二天正午。

　　醒来的时候,亨顿觉得两腿发酸,身体僵硬,饥肠辘辘。他去河边洗了把脸,灌了一肚子河水,继续艰难地迈动双腿,前往威斯敏斯特王宫,一路还嘀嘀咕咕地自责,担心浪费了太多时间。饿瘪的肚皮倒是提醒了亨顿,他决定找老亨弗莱·马洛去借点儿盘缠,然后——不,先计划到这儿吧。以后的事情等这一步成功了再说。

快十一点时，他抵达了王宫。大门处全是身着华服的人，都跟他是同一个方向，可亨顿的穿着打扮实在显得太可疑了。他只得认真观察着这些进宫的人，希望能找到一张和善的面孔，愿意帮他给老总管带话。至于自己进宫，那是不用想了。

就在这时，那名替罪书童恰好跟亨顿打了个照面。他走到亨顿背后，转过头上下打量一番，心想："嘿，这要不是咱国王陛下惦记的乞丐，我就是头笨驴。哎，我本来也是头挨鞭子的驴。他跟陛下说的一模一样！老天爷要是把这么一号人费劲巴拉地做出两个来，那我简直都有点儿瞧不起老天爷了。我得想办法跟他搭话。"

迈尔斯·亨顿替他省去了这个麻烦。因为感觉背后有人盯着自己，他转过了身，人都有这样的直觉。亨顿发现这个孩子似乎对自己挺感兴趣，便走上前说："你是刚从宫里出来的吧？你在里头工作吗？"

"是的，大人。"

"你认识亨弗莱·马洛爵士吗？"

书童吃了一惊，心想："呀！那不是我死去的老爹嘛！"于是大声回答："认识。"

"好极了！他在吗？"

"在。"书童回答，心里补上一句，"在坟墓里。"

"那能不能请你帮我传个话，说我盼着跟他见上一面？"

"我很愿意帮您这个忙。"

"那就跟他说,理查德爵士的儿子迈尔斯·亨顿在这儿恭候。真是太谢谢了,好孩子。"

书童有些失望。"国王说的好像不是这个名字,"他想,"不过没关系,这人至少也是他的双胞胎兄弟。他绝对知道国王陛下说的那个啥啥啥大人的下落。"于是他对迈尔斯·亨顿说:"在这里等着吧,先生,我去给您带话。"

亨顿退到了书童指定的地方。那是宫墙根儿的一处小屋，里面摆着一张石凳。天气不好的时候，卫兵们就在这里避风躲雨。他还没坐稳，一个管事的就带着几个执戟兵走了过来。管事的看到了他，便叫住自己的手下，同时命令亨顿过来。亨顿顺从地走过去，却马上被抓了起来，因为那管事的说他是在王宫周围逡(qūn)巡的可疑分子。情况有点儿不妙，可怜的亨顿想解释，管事的却不耐烦地叫他闭嘴，还让手下缴他的武器，去搜他的身。

"老天爷保佑他们能搜出点儿什么吧，"可怜的亨顿心想，"我自己都搜老半天了，什么也没有。我可比他们更想搜出些什么呢！"

他们确实什么也没搜到，就找到了一份文书。管事的打开文书，亨顿一看就笑了，因为那上头勾勾绕绕的正是他那个失踪的孩子写的——就在亨顿府那个黑暗的日子里。然而当管事的读到那段英语时，脸色却陡然一变。听到他说的话，亨顿脸上的微笑也消失了。

"又是一个自称国王的家伙！"管事的喊道，"今天这种人可真是像兔子一样多。兄弟们，把这个混蛋抓起来，给我好好地看住了，我要把这份珍贵的文件送进去给国王瞧瞧。"

他急急忙忙地走了，留下两位执戟兵押着俘虏。

"我这悲惨的一生总算是走到头啦，"亨

顿喃喃道,"就凭那张纸,肯定得挂上绳子打秋千喽!但是我可怜的孩子该怎么办啊!唉,只能交给上天了。"

过了一阵子,他看见那管事的回来了,脸色显得很焦急。亨顿给自己鼓劲,决心像真正的男子汉那样勇敢面对。管事的命令士兵们松开迈尔斯·亨顿,把佩剑还给了他,接着恭恭敬敬地鞠了一躬,说:"大人,请随我来。"

亨顿跟在他身后,心想:"我现在是在去往死刑场的路上,要不是为了死前多积点儿阴德,我非得掐死这个家伙不可!他竟然假装对我有礼貌,想看我的笑话。"

两人穿过宽敞的前院,来到宏伟的宫殿入口。管事的又鞠一躬,把亨顿移交给另一名穿着华丽的侍从。那人毕恭毕敬地迎接了亨顿,然后带着他走进了气派的前厅。英俊潇洒的男仆在两侧靠墙而立(二人经过时,男仆们都低眉顺目,可当那位衣衫褴褛、神色庄重的朋友走过去后,他们就都发出了嗤笑声)。亨顿和这名侍从踏上宽阔雄伟的台阶,走过一群群锦衣华服的显贵,终于来到了一间华丽的屋子。屋子里站着的全是英国贵族。

他们向两边分开,让出一条道给亨顿通过,还纷纷朝他鞠躬,亨顿这才想起自己应该脱帽回礼。终于,亨顿站到了屋子的正中央,成了众人目光的焦点。一些人愤愤不平地皱着眉,还有些人发出嘲讽的讥笑。

现在迈尔斯·亨顿已经彻底糊涂了。华盖之下端坐的正是年轻的国王,离亨顿仅五步之遥。他低着头,偏着脸,正在跟一个打扮得像人形天堂鸟似的男子讲话,也许是一名公爵吧。亨顿心中暗叹,正当年便遭死刑已经够悲惨的了,没想到死前还得经历这样一场公开羞辱。旁边站着的达官显贵看着都不太好惹的样子,他只盼着国王能早点儿给他定罪。就在这时,国王抬起了头。这下亨顿看清了他的脸,惊得差点儿没背过气去!他像中了魔咒般全身僵硬,直愣愣地瞪着那张稚嫩的漂亮脸孔。突然间,他脱口而出:"瞧啊,幻影国国王真的登基了!"

他瞪着眼睛,含混不清地咕哝了几句。接着他环顾四周,看了看身边的显贵和华丽的房间,喃喃道:"可这是真的呀,这绝对是真的,我肯定不是在做梦。"

他再次望向国王,心想:"难道我真的在做梦?还是说,他真是名副其实的英国国王,而不是我以为的那个无亲无故的可怜小疯子?谁能帮我解开这个谜?"

突然,亨顿灵机一动。只见他大踏步走到墙边,抬起一把椅子,然后回到中央，摆好椅子，接着坐了上去！

众人登时义愤填膺，七嘴八舌地声讨起来。有一只手马上强硬地按住了亨顿的肩，又有人喊着："站起来，无礼的小丑！在陛下面前岂能就座？"

国王注意到了众人的骚动，于是伸出手，大声说："不许碰他，这是他的权利！"

众人闻言大惊，只得纷纷后退。国王又说："听好了，女士们、先生们、勋爵们，这位就是我最忠诚、最亲爱的仆人迈尔斯·亨顿。他曾拔出心爱的佩剑，救本王于水火之中，因此我以国王的名义封他为骑士。他还有过更伟大的侍奉——他以自己承担痛苦为代价，让我免遭鞭打、免受侮辱，因此，我封他为贵族，号肯特伯爵，今后还要给他与此头衔相称的赏金和封地。刚才他行使的特权也是本王所赐。依照我们的约定，只要王朝存续，迈尔斯·亨顿的子子孙孙都拥有在英国国王面前就座的权利。此特权无人可以侵犯。"

就在这时，有两个人进来了。他们今早刚从乡下赶来，走进这间屋子不到五分钟。听到刚才国王说的话，他们看了看国王，又看了看那个衣衫褴褛的人，再看看国王，完全摸不着头脑。这两个人就是修爵士和伊迪斯女士。不过刚受封的伯爵没看到他们，他一直瞪大眼睛瞧着国王，嘴里咕哝着："我的天呀！真是我的小乞丐！真是我的小疯子！我还跟他炫耀我家世显赫，什么七十个房间、

七十二个仆人！我还当他只穿过破衣裳，受惯了拳打脚踢，吃的全是残羹剩饭哪！我还想收养他，教他做个正派人！天哪，我真想找条地缝钻进去！"

到这时，亨顿终于反应过来该行礼了。他双膝跪地，把手交给国王，接受了头衔与土地的赐封，并向国王宣誓忠诚。接着他起身，恭恭敬敬地站在一旁。人们都还在看着他，只是眼神中又多了几分嫉妒。

这时国王见修爵士到了，顿时眼中闪出怒火，厉声道："扒下那个强盗虚伪的面具，没收他偷来的财产，把他关进大牢，听候发落。"

曾经的爵士，修，被带走了。

这时房间另一端传来一阵骚动，众人让开一条路。只见汤姆·坎提穿着一身雅致的漂亮衣服，由一位侍从带领，穿过人群走了过来，跪在了国王面前。

国王说："过去几周的事我都听说了。本王很欣慰。在临时代我做国王的日子里，你展现出了王室应有的慈悲。你找到你的母亲和姐姐了吗？很好。我会妥善安置她们的。只要你想，我还可以判你父亲绞刑，这在法律上也合情合理。在场的人都听好了，从今日起，基督堂收容所恢复从前的福利，并在原有的基础上增加教育，所有住在那里、领取国王救济金的人都要念书。这个孩子会住到那里去，担任收容所的终身监事。由于他曾做过国王，理应享有特殊的待遇。

你们要记住这套衣服,这就是他身份的象征,其他人不可穿着同样的服装。不管他走到哪里,这套衣服都会提醒你们,他曾经当过国王,所以任何人不得怠慢他,必须对他行礼。他拥有国王的护佑和支持,他将获得这样一个光荣的名号:受国王庇护者。"

　　骄傲又欢喜的汤姆·坎提站起身,亲吻了国王的手,便被侍奉官带了出去。他迫不及待地要回到母亲身边,把这一切告诉她,还要告诉楠和贝特。他要和她们分享这天大的喜讯。

尾声
善有善报,恶有恶报

如今所有谜团都解开了。修·亨顿招认了罪行,那天在亨顿府,伊迪斯是受他指使才否认迈尔斯的身份。那还不是一般的指使。修斩钉截铁地威胁她,如果不坚决否认迈尔斯的身份,他就要杀了她。没想到伊迪斯说:"那就杀了我吧!"她宁死也不愿否认迈尔斯的身份。于是修表示,他可以不杀她,但一定会杀了迈尔斯!这下事情变得完全不一样了，伊迪斯只好让了步，服从了他。

虽然修以死亡威胁伊迪斯，还偷走了兄弟的财产和头衔，但是他并没有受到惩罚，因为他的妻子和兄弟都不愿起诉他。其实妻子即使想告也没有权利了，因为修和她离婚了。这之后修离开了英国，不久便客死异乡。又过了一段时间，肯特伯爵迎娶了修的遗孀。等这对夫妇再次回到亨顿府时，村里的人欢欣鼓舞，好好庆祝了一番。

汤姆·坎提的父亲从此杳无音讯。

国王找到了那名被烙印、被贩卖为奴的农夫，救他逃出贼窝，那人金盆洗手，过上了幸福的生活。

国王还释放了那名年迈的律师，豁免了他的罚金。至于那两个被烧死在火刑柱上的妇女，国王为她们的女儿安排了很好的归宿，还狠狠地惩罚了那个毫无道理地抽打迈尔斯·亨顿的官员。

他从牢里救出了那个捡到脱逃猎鹰的男孩和从织布工手上偷布的妇女，不过没来得及救那个被指控在王室园林猎鹿的男子。

他赏赐了那名法官。国王被指控偷猪的时候，那名法官对他表现出了怜恤之心。后来国王很欣慰地看到法官越来越受人敬重，成了了不起的大人物。

国王在世的时候很喜欢说这段冒险的经历，而且每次都是从最开始卫兵怎么抓着他丢出王宫大门说起，一直说到那个午夜，他如何巧妙地混在行色匆匆的侍从中溜进教堂，爬进忏悔者爱德华的墓里躲起来，并且一直睡到了第二天，差点儿把整个加冕仪式就这样睡过去。

国王认为经常回想这段宝贵的经历能使他坚定信念，牢记从中学到的道理，敦促他为百姓谋求福祉。只要在世一天，他就要继续讲这个故事，好让自己永远记住那些悲惨的人和事，以葆心中的慈悲之泉永不枯竭。

在国王短暂的统治期间，迈尔斯·亨顿和汤姆·坎提都是国王最信赖的人；国王死后，他们也最难过。善良的肯特伯爵为人审慎，从不滥用特权。直至离开人世，除了我们知道的那次，他只行使过两次特权：一次是玛丽女王登基，还有一次是伊丽莎白女王登基。他的后代在詹姆斯一世登基时行使过这个权利。等到再下一代决定行使这一特权时，将近四分之一个世纪已经过去了。随后，"肯特伯爵家族的特权"便逐渐为世人淡忘。因此，当肯特伯爵的后人在查尔斯一世及大臣们面前就座以行使和维护家族特权时，着实引发了不小的骚动！好在很快一切就解释清楚了，这项特权也得到了维护。之后，肯特伯爵家族最后一名成员在联邦战役中不幸殉国，这项古怪的特权也随之进了坟墓。

汤姆·坎提活了很久，最后成了一个满头白发的矍铄（jué shuò）老人，心地十分仁慈。他这辈子始终受人敬重，人们见到他一定会行礼致敬，因为他那身显眼的特殊打扮始终提醒着人们"他曾是国王"！不论他在哪里出现，人们都会给他让路，还会交头接耳地互相提醒："摘帽！那可是受国王庇护的人！"于是他们朝汤姆敬礼，汤姆则回以友善的微笑。人们很珍惜这一切，因为他的所作所为值得敬重。

是的，这位爱德华六世英年早逝，可怜的孩子，不过，那几年他过得很有意义。很多达官显贵不止一次抗议国王过于仁慈，认为他想修改的法律对那些需要被惩戒的人来说已经足够仁慈了，根本算不上什么痛苦和压迫。每到这种时候，年轻的国王就

会露出哀切的表情，怜悯地看着他们说："你懂什么是痛苦，什么是压迫吗？我和我的人民都懂，但你不懂。"

在那段严酷的岁月里，人民只有在爱德华六世的统治期间得到了仁慈的对待。他的故事就讲到这里吧，我们要永远铭记他的功德。

1835年（出生）

11月30日，塞缪尔·兰霍恩·克莱门斯（Samuel Langhorne Clemens）出生于美国密苏里州佛罗里达镇。

1839年 4岁

举家迁居至汉尼拔（Hannibal）——一座位于密西西比河河畔的港口小镇，这里就是《汤姆·索亚历险记》(The Adventures of Tom Sawyer)与《哈克贝利·费恩历险记》(The Adventures of Huckleberry Finn)两部作品中的虚构城市"圣彼得堡"的原型。在当时的密苏里州，蓄奴是合法的，这也成为作家后来创作的一个重要主题。

1847年 12岁

父亲因病去世后，塞缪尔便结束了学校生活，进印刷厂做了学徒。

1852年 17岁

5月1日，波士顿幽默周刊《毛毡旅行包》（The Carpet Bag）发表了塞缪尔的文学处女作《花花公子吓唬穷光蛋》（The Dandy Frightening the Squatter）。

1853年 18岁

塞缪尔离开家乡，以印刷工的身份辗转于纽约、费城、圣路易斯和辛辛那提。他晚上去公共图书馆自学，接触了广泛的知识和信息，同时也成功地发表了一些文章。

1857 年 22 岁

塞缪尔回到了家乡，实现了少年时期最大的梦想——成为一名蒸汽轮船的领航员。他全心全意地工作，对密西西比河了如指掌。

1861 年 26 岁

美国内战爆发，密西西比河沿岸交通停运，塞缪尔跟随哥哥奥利安来到内华达州，寻求致富途径。

1862 年 27 岁

发家梦想破灭后的塞缪尔转而以写文章为生，很快，他便成了《企业报》(Territorial Enterprise) 的记者和专栏作家。

1863年 28岁

第一次使用"马克·吐温"（Mark Twain）这个笔名发表文章，意为"水深两英寻[1]"，这是轮船安全航行的必要条件。

---

1. 英寻：一种英美长度单位，通常来测量水深，1英寻约合1.8米。

1864年 29岁

马克·吐温搬去旧金山，继续为地方报纸写作，在作家朋友的鼓励和帮助下提升写作本领。

1865年 30岁

11月18日，马克·吐温在纽约市周报《周六报》（*The Saturday Press*）上发表了幽默荒诞故事《卡拉维拉斯县驰名的跳蛙》（*The Celebrated Jumping Frog of Calaveras County*），一举成名。

1869年 34岁

马克·吐温在游轮旅行期间写的旅游信件集结成书出版，名为《傻子出国记》(The Innocents Abroad)，广受读者好评。

1870年 35岁

马克·吐温与奥利维娅结为连理，婚后住在布法罗（Buffalo），育有一子。

1871年 36岁

马克·吐温举家迁往康涅狄格州的哈特福德（Hartford）。在此之前马克·吐温就到过这里，交过很多朋友。最初几年他们居住在"幽静山庄"（Nook Farm），很多作家、出版人和其他重要人物也居住于此。马克·吐温进入创作的丰收年代。

1872年 37岁

《艰苦岁月》(*Roughing It*)出版,反映了他在西部新开发地区的生活经历。同年,大女儿苏西(Susy Clemens)出生,但儿子兰登因白喉夭折了。

1873年 38岁

马克·吐温发明的自带黏性的剪贴簿获得专利,该项发明广受欢迎,并且给他带来了颇为丰厚的收益。

同年,马克·吐温开始将写作重心转移到对社会问题的讽刺上。他和查尔斯·华纳(Charles Warner)合著了自己的第一部长篇小说《镀金时代》(*The Gilded Age*)。

1875年 40岁

马克·吐温为《大西洋月刊》(The Atlantic)撰文。他以早年在密西西比河上的经历为题材，写了7篇文章，后汇集成书，名为《密西西比河的旧时光》(Old Times on the Mississippi)。8年后，他回到家乡，把这本书扩充成为《密西西比河上》(Life on the Mississippi)。

1876年 41岁

《汤姆·索亚历险记》出版，其中很多情节都反映了作者的亲身经历。

1881年 46岁

《王子与贫儿》(The Prince and the Pauper)出版。

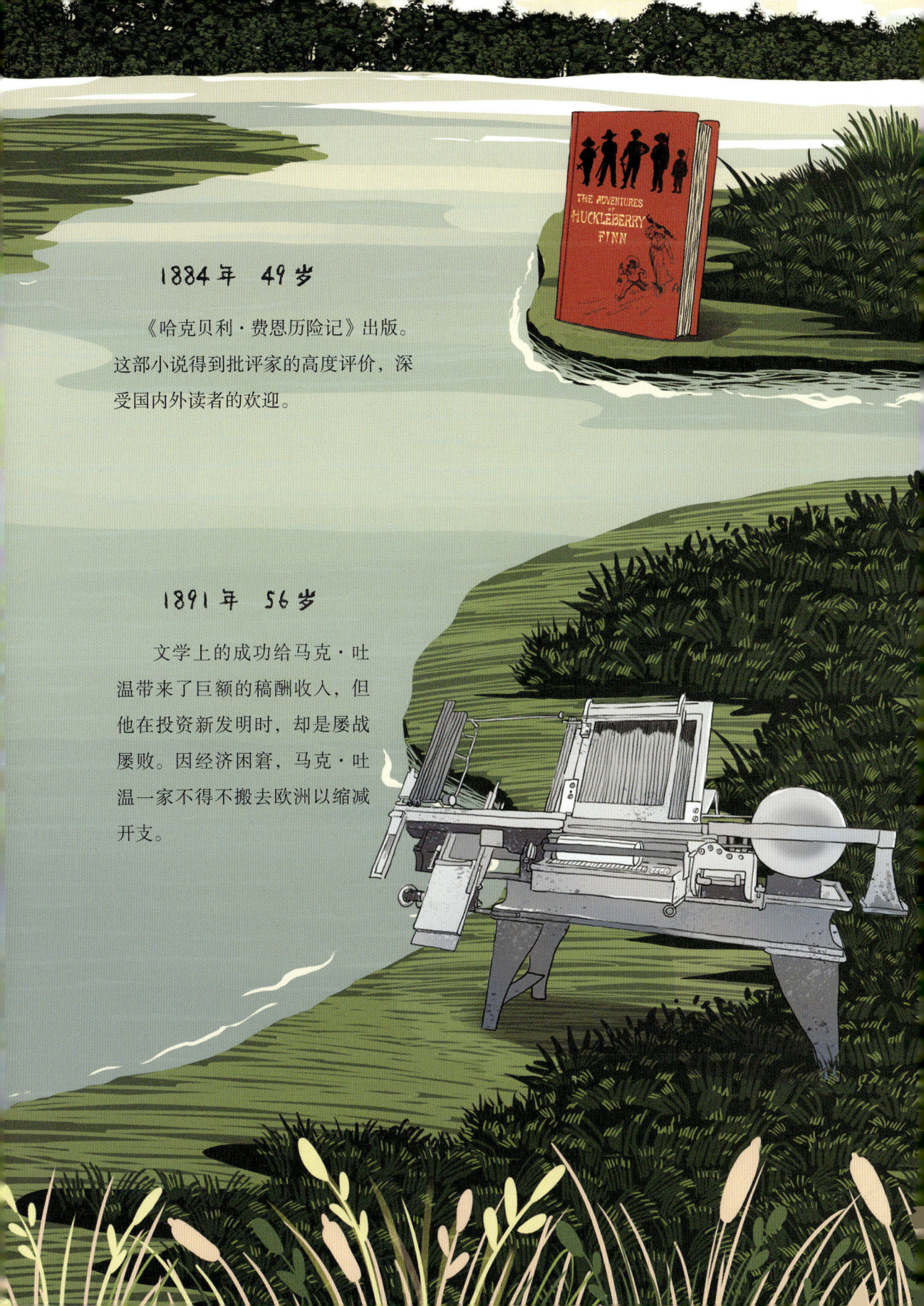

1884年 49岁

《哈克贝利·费恩历险记》出版。这部小说得到批评家的高度评价,深受国内外读者的欢迎。

1891年 56岁

文学上的成功给马克·吐温带来了巨额的稿酬收入,但他在投资新发明时,却是屡战屡败。因经济困窘,马克·吐温一家不得不搬去欧洲以缩减开支。

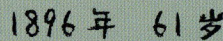

1894 年　59 岁

出版《傻瓜威尔逊》和短篇小说《那些非凡的双胞胎》合集本（Pudd'nhead Wilson & Those Extraordinary Twins）。同年，马克·吐温的出版公司倒闭，自此他便靠着写作、演讲以及朋友的支援，走上了漫长的还债之路。

1896 年　61 岁

《圣女贞德传》（Personal Recollections of Joan of Arc）出版。该书描写了15世纪法国民族女英雄贞德的一生，是马克·吐温自认为最好的作品。同年大女儿苏西在哈特福德去世，此后一家人再没有回过哈特福德。

1897年　62岁

《赤道旅行记》（Following the Equator）出版，讽刺并谴责了帝国主义对殖民地人民的压迫。

1898年　63岁

马克·吐温还清全部债务。

1900年　65岁

10月，在离开美国旅居欧洲近十年之后，马克·吐温一家回到美国。他宣布自己是一名反帝国主义者，相继发表了许多锋芒毕露的时政作品，创作风格也发生转变，开始聚焦人类的贪婪与残酷，拷问人性。这一时期的代表作有中篇小说《败坏了哈德莱堡的人》（The Man that Corrupted Hadleyburg）等。尽管债务已偿清，反政府主义的文章和演讲却让他受到生命威胁，不过也把他推到了文艺界领袖的位置。

1903年 68岁

奥利维娅患病,马克·吐温陪妻子搬到意大利休养。一年后,奥利维娅离世。之后马克·吐温回到纽约。

1905年 70岁

《夏娃日记》(Eve's Diary)出版,塑造了一个愚钝木讷的亚当和一个充满好奇心的夏娃,是马克·吐温献给亡妻的作品。

1908年 73岁

马克·吐温搬到康涅狄格州的"原野风暴"(Stormfield)公寓。

1909年 74岁

10月6日,二女儿克拉拉结婚。同年,小女儿简因癫痫发作去世。

1910年 75岁

4月21日,大师溘然长逝。

由马克·吐温口授、秘书笔录的《马克·吐温自传》(Autobiography of Mark Twain)当属他晚年最重要的作品,但他临终时留下遗嘱:死后100年内不得出版。2010年11月,美国加州大学出版社正式出版了该自传的完整权威版。

译者 | 黄天怡

武汉大学戏剧影视文学系学士,中央戏剧学院导演系硕士。

曾与著名导演张艺谋、林兆华及艺术家朱哲琴等合作,担任多个国际级项目的执行导演、舞台监督与制作人。现象级黑马电影《驴得水》的出品人、制片人。

2018年起跨界成为专职译者,现为上海翻译协会会员。

主要项目

- 2006　著名戏剧导演林兆华 《建筑大师》话剧执行制作人
- 2009　国际级导演张艺谋鸟巢版 《图兰朵》执行导演
- 2012　国际级音乐家朱哲琴《世界看见——朱哲琴与民族歌乐师》
　　　　世界巡回演唱会舞台监督
- 2016　现象级电影《驴得水》出品人、制片人

近年翻译作品

- 2019　艾斯纳奖获奖作品，图像小说 《漫画之王：陈福财正传》
- 2019　经典儿童文学作品 《汤姆·索亚历险记》（作家榜经典名著）
- 2020—2022　英国著名演员、作家斯蒂芬·弗莱重述希腊神话三部曲之
　　　　《神话》《英雄》《特洛伊》
- 2021　经典儿童文学作品 《彼得·潘》（作家榜经典名著）
- 2022　格林纳威图书奖获奖作品 《鸡皮疙瘩故事集》
- 2023　经典儿童文学作品 《哈克贝利·费恩历险记》（作家榜经典名著）
- 2024　经典儿童文学作品 《王子与贫儿》（作家榜经典名著）

曾获奖项

- 2017　第12届华语青年影像论坛年度新锐制片人提名
- 2019　《漫画之王：陈福财正传》中译版获新加坡《联合早报》年度好书奖
- 2021　湛庐年度最佳作译者

插画师简介
Ekaterina Komrakova

大家好！我叫叶卡捷琳娜·科姆拉科娃，是一名来自俄罗斯的插画家。小时候，我很喜欢看书。书中的插图就像魔法一样，会让故事栩栩如生，跃然纸上！我想只要自己勤学苦练，就能梦想成真，"施展魔法"！

如今，我已经与俄罗斯多家一流出版社合作，为近百本图书绘制了插图。我尤其喜欢为那些经典的故事绘制插图。我也喜欢画儿童。

在《王子与贫儿》一书中，我以我的儿子为参考，绘制了主角。为这本书绘制插图是我的荣幸！马克·吐温对我来说非常重要。在俄罗斯，我还为他的《汤姆·索亚历险记》和《哈克贝利·费恩历险记》画过插图，并且为他的很多小说画过封面。

作家榜®经典名著

读经典名著，认准作家榜

　　作家榜是中国国民文化品牌，自2006年创立至今始终致力于"推广全球经典，促进全民阅读"，连续13年发布作家富豪榜系列榜单，成功将不同领域的写作者推向公众视野，引发海内外媒体对华语文学的空前关注。

　　旗下知名图书品牌"作家榜经典名著"，精选经典中的经典，由优秀诗人、作家、学者参与翻译，世界各地艺术家、插画师参与插图创作，策划发行了数百部有口皆碑、畅销全网的中外名著，帮助无数人爱上阅读。如今，"集齐作家榜经典名著"已成为越来越多阅读爱好者的共同心愿。

　　作家榜除了让经典名著图书在新一代读者中流行起来，2023年还推出了备受青睐的"作家榜文创"系列产品，一举让经典名著IP融入到人们的日常生活中。作家榜品牌母公司大星文化，总部位于中国上海市。

名著就读作家榜
京东官方旗舰店

名著就读作家榜
天猫官方旗舰店

名著就读作家榜
当当官方旗舰店

名著就读作家榜
拼多多旗舰店

策　划	
出　品	作家榜

出 品 人	吴怀尧
产品经理	沈　瑶
美术编辑	金雨婷
内文绘图	［俄］Ekaterina Komrakova
年表绘图	陆伟黎
封面设计	李梦瑶
特约校对	施继勇
特约印制	吴怀舜

版权所有	大星文化
官方电话	021-60839180

名著就读作家榜
抖音扫码关注我

作家榜官方微博
经典好书免费送

下载好芳法课堂
跟着王芳学知识

图书在版编目（CIP）数据

王子与贫儿 /（美）马克·吐温著；黄天怡译.
成都：四川少年儿童出版社, 2024.8.（2024.9 重印）
（作家榜经典名著）. -- ISBN 978-7-5728-1534-8

Ⅰ . I712.84

中国国家版本馆 CIP 数据核字第 2024CE4335 号

"作家榜"及其相关品牌标识是大星文化已注册
或注册中的商标。未经许可，不得擅用，侵权必究。

WANGZI YU PIN'ER
王 子 与 贫 儿　　　［美］马克·吐温/著　　黄天怡/译

出 版 人：余　兰
责任编辑：于　杰　黄　穗
责任校对：王默志
责任印制：李　欣

出　　版	四川少年儿童出版社	开　本	16开
地　　址	成都市锦江区三色路238号	印　张	23.5
网　　址	http://www.sccph.com.cn	字　数	225千
网　　店	http://scsnetcbs.tmall.com	版　次	2024年8月第1版
经　　销	新华书店	印　次	2024年9月第2次印刷
印　　刷	上海盛通时代印刷有限公司	印　量	15001–30000册
成品尺寸	245mm×185mm	书　号	ISBN 978-7-5728-1534-8
		定　价	139.00元

版权所有　翻印必究
若发现印装质量问题，请联系021-37910000调换。